Karl Schreibelmayr

Gesammelte Dorfgeschichten

Verlag Denkmayr Linz

Illustriert mit orig. Defner-Fotos

ISBN: 3-901123-63-6
2. Auflage

Gesamtherstellung:
Druckerei Ernst Denkmayr GesmbH, Katsdorf + Linz
Printed in Austria 1996

Harmlos verpackt in Heiterkeit entpuppen sich die Dorfgeschichten des Karl Schreibelmayr bei genauerer Betrachtung als wohltuende Philosophie.

Ein ganzes Dorf wird lebendig. Trotz Aufdeckung vieler menschlicher Schwächen ist in diesen Erzählungen die Welt noch heil. Es hat mich beim Lesen dieses Buches beeindruckt, wie der Autor dem Publikum nicht nur Literatur, sondern eine Botschaft übermittelt. Nämlich Zuversicht durch ganz einfache Weisheit. Daß ihm dies gelungen ist, erklärt, warum es nach erstaunlich kurzer Zeit bereits zur zweiten Auflage gekommen ist, zu der ich herzlich gratuliere.

28. Juni 1996

Der Landeshauptmann
von Oberösterreich a. D.

Dr. Josef Ratzenböck

Inhaltsverzeichnis

Alle in den Dorfgeschichten vorkommenden Namen sind frei erfunden und stehen in keinem Zusammenhang mit irgendwelchen Personen.

Karl Schreibelmayr

GESAMMELTE DORFGESCHICHTEN

HEITER-BESINNLICHE ERZÄHLUNGEN

Die Beichte

Pfarrer Justl kennt jedes seiner Lämmer innen und außen. Er kennt sie besser als sich selbst. Seine größte Freude ist ihm die Gewißheit, daß in seiner ihm anvertrauten Herde kein wirklich schwarzes Schaf darunter ist. Wohl sind sie nicht alle so unschuldig weiß wie die jungen Lämmlein um die Osterzeit, aber eine wirklich schwarze Seele ist gottlob nicht dabei. In seiner Gemeinde läßt sich gut Pfarrer sein. Da er die Behaglichkeit liebt und er sich sein beschauliches Dasein nicht gerne trüben läßt, erhebt er auch auf der Kanzel selten den Drohfinger; denn Pfarrer Justl weiß: Druck erzeugt Gegendruck. Wenn Justl durch das Dorf geht, ist er die heilige Sanftmut selbst. Er macht einmal das linke und einmal das rechte Auge zu, um nicht alles wahrnehmen zu müssen. Besonders zuwider ist dem Pfarrer Justl das Anhören der Beichte, zumal er genau weiß, daß ihm sowieso nur die läßlichen Sünden gebeichtet werden. Bei kniffligen Sachen gehen die Dörfler in die Stadt beichten; zum Herrn Dechant oder zu den Kapuzinern. Justl muß sich die Belanglosigkeiten anhören und für Sünden, die in seinen Ohren gar keine Sünden sind, des lieben Gottes Verzeihung herabflehen. So legt er es den Leuten nahe, nach Möglichkeit überhaupt in die Stadt beichten zu gehen. Die meisten Dorfbewohner sind damit einverstanden; nicht jedoch Matthias, der Flickschuster und Dorfphilosoph. Matthias sieht die Sache nämlich von einer anderen Seite. „Wozu haben wir einen eigenen

Pfarrer, wenn man dann erst in die Stadt gehen muß um seine Sünden loszuwerden? Kommt gar nicht in Frage, daß ich das tue. Ich will beichten, wenn mich die Reue packt. Bis ich in die Stadt komme, muß ich bei fünf Wirtshäusern vorbei und überlege mir vielleicht meinen guten Vorsatz. Und überhaupt; was bildet sich denn der Justl ein? Den feinen Herrn spielen und uns nicht mehr anhören wollen? Nein, das geht nicht an!“

Heute ist ein Tag, so blau wie Seide. Die Lerche steht hoch oben in den Lüften und tiefer Friede breitet sich über das Dorf. Pfarrer Justl genießt in seinem Garten den Duft seiner Schwertlilien. Da bemerkt er plötzlich ein Prachtexemplar von einem Pfauenauge. Da er ein leidenschaftlicher Schmetterlingsammler ist, begibt er sich sofort ins Haus, um das Fangnetz zu holen. Da klopft es energisch am Tor. Unwillig öffnet Justl und draußen steht Matthias, der Flickschuster, und verlangt, daß ihm auf der Stelle die Beichte abgenommen werde. Die Miene des Pfarrers verfinstert sich wie der Himmel, wenn ein Gewitter aufzieht.

„Was fällt Dir ein, Matthias? Wie kann man sich an einem so schönen Tag wie heute in die Finsternis des Beichtstuhles begeben? Du kannst doch keine so schwerwiegenden Sünden haben um die Sache nicht aufschieben zu können. Komm morgen vor der Frühmesse wieder.“

Justl will ihm das Haustor vor der Nase zuschlagen. Aber da kommt er bei Matthias recht an. Dieser besteht lautstark darauf, sofort beichten zu dürfen. Als Christenmensch habe er das Recht darauf und Justl solle sich vor seiner Pflicht nicht drücken. Dem Pfarrer bleibt schlußendlich nichts anderes übrig als sich zu fügen. Statt sich das schöne Pfauenauge holen zu können, sitzt er nun im Beichtstuhl und muß sich anhören, was Matthias da alles daherschwatzt. Justl sieht verdrossen einer Fliege zu, die am Beichtgitter sitzt und sich die Flügel putzt, während der Flickschuster redet und redet. Matthias erzählt dem Pfarrer Dinge, die in dessen Augen überhaupt keine Sünden sind und seiner Meinung nach nicht in den Beichtstuhl gehören. Immer wieder macht er Matthias darauf aufmerksam, daß er bis jetzt keine einzige Sünde vernommen hat und daß es jammerschade um die schöne Zeit ist.

„Warten Sie nur, Herr Pfarrer, warten Sie nur. Alles nach der Reihe. Sie werden sich noch wundern!"

Als nächstes beichtet Matthias, daß er der Katze von der Res auf den Schwanz gestiegen ist.

„Auch das ist keine Sünde, Matthias, wenn man so einem Katzenvieh versehentlich auf den Schwanz steigt."

„Ja, wenn versehentlich, Herr Pfarrer. Aber ich bin der Katze nicht versehentlich, sondern absichtlich auf den Schwanz gestiegen, weil ich damit stellvertretend eigentlich die Res, weil sie so scheinheilig tut, treten wollte. Sehen Sie, Herr Pfarrer, und dort fängt die Sünde an, denn das durfte ich nicht tun."

„Na gut, meinetwegen eine Sünde."

Justl macht auf einem Zettel, den er vor sich liegen hat, das erste Stricherl.

„Weiter, Matthias; oder bist Du endlich fertig?"

„Nein, noch lange nicht. Der Metzgerin habe ich dieser Tage über den Zaun einen grauslichen Witz erzählt und mich daran ergötzt, wie sie lauernd horchte. Ist das nicht Unkeuschheit?"

Justl gibt keine Antwort. Er macht gnädig ein weiteres Stricherl. Aber schließlich reißt dem Pfarrer endgültig die Geduld. Er will die Beichte unter allen Umständen beenden und schickt sich an, die Absolution zu erteilen. Da sagt Matthias noch schnell, so nebenbei: „Als ich gestern zu später Stunde vom ‚Silbernen Kranz' heimging, hatte ich plötzlich einen Drang und da habe ich mein Wasser auf die Mauer des Pfarrhofes geschlagen."

„Was hast Du getan? Du Ferkel! Auf meiner frischgetünchten Mauer hast Du Dich erleichtert? Weißt Du denn nicht, daß dies eine gewaltige Sünde ist?"

„Wohl wohl, Herr Pfarrer, weiß ich das und deshalb bin ich ja hier, um es zu beichten."

Der Pfarrer schäumt vor Wut. Dem sonst so verständnisvollen und sanftmütigen Pfarrer Justl schwillt die Zornesader mächtig an – weil es ihn jetzt persönlich betrifft. Er befiehlt dem alten Flickschuster blindlings, als Buße für seine, doch so harmlose Sünde, auf der Stelle dreimal auf den Kalvarienberg zu gehen und dabei drei schmerzensreiche Rosenkränze zu beten. Darauf schmettert er das Türl zu und verläßt empört den Beichtstuhl und die Kirche. Nachdem sich die Rauchwolken des hochwürdlichen Zornes etwas verzogen haben und Justl den Matthias in Richtung Kalvarienberg gehen sieht, ruft er ihm mit jener Mischung von Milde, die durch eigenes Schuldbewußtsein entsteht, nach:

„Matthias, wenn Du am Rückweg bei der Krämerin vorbeikommst, nimm uns zwei Rollen Schnupftabak mit."

Matthias gibt keine Antwort. Seine Lippen bewegen sich bereits beim Beten des Schmerzhaften Rosenkranzes.

Der Flickschuster nimmt die Buße sehr ernst. Er geht dreimal auf den Kalvarienberg und betet statt drei sogar vier Rosenkränze.

Pfarrer Justl ist mittlerweile wieder bei seinen Schwertlilien und da sitzt tatsächlich noch das schöne Pfauenauge und bewegt graziös die Flügel. Aber der Pfarrer hat keine Lust mehr, es zu fangen. Er ist sehr nachdenklich geworden und schließlich erfaßt ihn eine gewaltige Reue. Es tut ihm wahrhaftig leid, daß er Matthias, den guten alten Flickschuster mit seinen müden Beinen dreimal auf den Kalvarienberg gejagt hat für dieses läppische Vergehen. Der Pfarrer kennt sich selbst nicht mehr. Wie konnte er ihn nur mit einer so strengen Buße belegen? Justl schämt sich seiner Schwäche. Er weiß genau, daß er, wenn Matthias dasselbe bei einer anderen Hausmauer gemacht hätte, dies als Lächerlichkeit abgetan hätte. Weil es ihn, den Pfarrhof, betroffen hat, hat er unbarmherzig zugeschlagen.

Lange dauert es, für Justl eine Ewigkeit, bis der alte Flickschuster abermals ans Tor klopft, um den Schnupftabak abzuliefern.

„Eine Rolle ist für Dich, Matthias, und jetzt komm zur Stärkung auf ein Glas Burgunder in meine Gartenlaube."

Ganz dasig erkundigt sich der Pfarrer, ob die Buße doch nicht zu grimmig ausgefallen ist?

„Die Buße, Herr Pfarrer, war hart. Aber ich habe sie verdient. Ich habe sogar vier Rosenkränze gebetet."

„Wieso vier, wenn ich Dir drei aufgegeben habe? Selbst das war zu viel für die Lächerlichkeit, die wir vergessen wollen – Prost!"

Der Pfarrer hat sein Glas erhoben und trinkt dem

Matthias mit dem liebenswürdigsten Lächeln der Welt zu.

„Ja, Herr Pfarrer, wissen Sie, ich hätte noch eine viel größere Buße verdient, denn meine eigentliche Sünde habe ich erst bei der Beichte begangen. Ich habe Sie im Beichtstuhl angelogen und somit innerhalb des Beichtstuhles mehr gesündigt als außerhalb. Niemals habe ich nämlich mein Wasser an der ehrwürdigen Mauer des Pfarrhauses abgeladen. Alles nur erfunden und erlogen von mir."

Justl sperrt Augen und Mund auf:

„Aber Matthias! Ich verstehe die Welt nicht mehr. Wie kannst Du für etwas, was Du nicht getan hast, die Buße auf Dich nehmen?"

„Ich habe nicht gebüßt für das, was ich nicht tat, sondern für die Lüge im Beichtstuhl."

„Und warum hast Du gelogen?"

„Ich weiß es nicht; ich bin zu dumm, es zu wissen. Auf einmal ist halt die Angst über mich gekommen, unser guter, sanftmütiger Pfarrer könnte aus unserer Mitte gehen; sich mehr der Schöngeisterei hingeben, als an unseren Alltagsnöten teilzunehmen. Unsere Beichten nicht mehr hören zu wollen ist ein erster Schritt dieses Entfernens. Ich glaube Ihnen, Herr Pfarrer, daß Sie im Beichtstuhl die Langeweile packt, denn niemals kann ein anderer abschätzen, was wirklich Sünde ist. Nur der Sünder selbst weiß, ob er gesündigt hat – und darum beichtet er. Urteilen können wir alle nicht. Sie haben ja selbst heute erlebt, wie hoch und wie niedrig das eine und dasselbe Vergehen bewertet werden kann. Ich ging heute zu Ihnen, um Sie in unsere Mitte zurückzuholen."

Lange sitzen die beiden noch in der Gartenlaube. Feinfühlend lenkt Matthias das Gespräch nun auf andere Dinge. Der Pfarrer ist ihm dafür dankbar. Nach einiger Zeit schickt er seine Köchin Cäcilia in den Keller. Sie kehrt mit einem Servierbrett zurück, auf dem alle Herrlichkeit dieser Erde versammelt ist. Sorgfältig geschnittenes, kaltes Bratenfleisch, neckisch garniert mit unschuldiger Kresse, gespaltene Radieschen; Gewürzgurken, deren Hochmut durch Essig rechtzeitig gebremst wurde; Würste, so prall und vor Gesundheit glänzend, daß es einem leid tut, sie anzuschneiden. Der Pfarrer und Matthias greifen tüchtig zu. Der Burgunder fließt wie Tafelöl durch ihre Kehlen. Nachher stopfen sie sich noch Pfeifen. Matthias erzählt Streiche aus seiner Glanzzeit. Pfarrer Justl amüsiert sich; sein Bäuchlein zittert vor Lachen. Die beiden genießen den Tag, der wieder blau wie Seide ist.

Nach vielem Burgunder wankt Matthias endlich heim. Bei irgendeiner Mauer bleibt er kurz stehen. Justl winkt ihm noch lange nach.

Dann geht der Pfarrer nochmals zu seinen geliebten Schwertlilien. Er denkt über dieses und jenes nach und vor allem darüber, auf welche Art und Weise heute ein Schaf seinen Hirten heimgeholt hat.

Foto: Defner

Die Legende um Hannes

Hannes ist ein armer Mann. Aber er weiß es nicht. Er meint, daß alles, so wie es ist, seine Richtigkeit hat und so sein muß. Ja, gar nicht anders sein kann. Solche Erkenntnisse sind einfältig und weise zugleich. Und so wandelt der Hannes als armer und einfältiger Mann durchs Leben. Viel hat er schon gesehen, der Hannes, denn er ist alt. Manch neues Leben ist neben ihm emporgesprossen und auch wieder vergangen. Mit lautem Geschrei beim Kommen und trübseligem Jammern und Gezeter beim Gehen. Der Hannes hat sich immer gewundert, daß seine Mitmenschen soviel Wert auf das Geborenwerden, auf das Drängen in die Welt, und noch mehr Wert auf das Verbleiben in dieser Welt legen. Er glaubt selbst, daß er dumm ist, weil er dies nicht versteht. Aber dann glaubt er es aber auch wieder nicht. Denn dumm und gescheit gibt es doch gar nicht – meint der Hannes. Er glaubt dies deshalb, weil sich, wenn er in seinem Leben so zurückdenkt, oft herausgestellt hat, daß die Dummheit nötiger war als die Weisheit, die sich zuweilen hinterher als Dummheit erwiesen hat. Darum sei alles so, wie es ist.

Hannes ist eines Tages im Wald und sammelt Holz. Halb blind ist er und gehen kann er auch kaum noch. Das Alter drückt ihn nieder. Aber er merkt es nicht, weil er eben immer meint, daß alles so sein muß, wie es ist. Deshalb kann er sogar lächeln, wenn er hinfällt und sich kaum wieder aufzurichten vermag.

Da erscheint vor ihm eine sonderbare Gestalt. Abgemagert bis auf die Knochen steht diese Erscheinung vor dem Hannes und wackelt mit dem Kopf. Ein eindeutiges Wackeln. Den armen Hannes, der ein großes Verständnis zur Armut und Bedürftigkeit hat, erfaßt ein überwältigendes Erbarmen. Er zieht umständlich seinen dünnen Geldbeutel hervor und sucht einige Münzen, die er seinem Gegenüber in das Moos legt.

„Da, eine Suppe geht wohl heraus. Du bist ja ganz abgemagert!“

Die Gestalt klappert furchterregend:

„Ja, kennst Du mich denn nicht, Hannes? Erschrickst Du denn nicht? Ich bin doch der Tod!“

„Das kann schon sein“, sagt der Hannes, „daß Du der Tod bist. Aber deshalb bist Du doch auch menschlich und daher für mich ein Mensch, der den anderen braucht. Darum nimm das Geld und kauf Dir etwas Warmes!“

Dann wendet sich Hannes ab und niemand kennt sein Inneres. Niemand kennt seine Dummheit und niemand kennt seine Weisheit.

Der Tod steht noch lange nachdenklich da. Und der Tod, der auch nicht alles weiß, auch nur ein Handlanger ist, denkt bei sich:

„Wieso stirbt der Hannes nicht, der meiner Meinung dazu reif wäre, während mir andere mitten aus der Fülle des Lebens in die Arme rennen?“

Der Tod schultert seine Sense und geht kopfschüttelnd hinweg.

Klytämnestra

Theofrast nennt man ihn, nach einer Laune seines Vaters, der ihm diesen Namen gab, weil er den Theofrast Bombast Paracelsus verehrte. Seine Eltern gaben ihm diesen vorbildlichen Namen, aber Theofrast wurde keine Berühmtheit. Im Gegenteil. Er geriet, das Elternhaus hatte keine Zeit für seine Erziehung, auf die sogenannte schiefe Bahn. Arbeitsscheu, ohne Liebe, zieht er nun durchs Leben. Er streunt durch die Gassen seines Heimatdorfes und gewöhnt sich bald, ähnlich den Zechpröpsten, aber nicht so ehrenvoll, das Aufhalten der Hände an. Aber irgendwie ist Theofrast dennoch ein aufrechter Mann geblieben. Ja, fast normal wie ein Tier. Hat er nämlich für den Tag genug gebettelt um überleben zu können, setzt er seinen Hut auf und geht seiner Wege. Er kennt nicht die Gier, weil er auch den Reichtum nicht kennt.

Eines Tages sendet der Himmel Sturm, Hagel, Kälte und Nässe herab, auf daß die Erde sie schaue. Theofrast irrt durch die Gassen. Das Unwetter überschüttet ihn kübelweise mit Wasser und der Sturm wirft ihm eisige Körner ins Gesicht. Sein Obdach ist überschwemmt und Theofrast weiß nicht, wo er die Nacht zubringen soll. Die Krämerin, die ihm zuweilen Brot, ja manchmal, je nach Laune, sogar ein Glas Wein schenkt, weist ihm entrüstet die Tür. Auch die Wirtin vom „Silbernen Kranz" öffnet ihm nicht. Dabei ist sie manchmal so freundlich und reibt verstohlen ihre Brust an seiner Schulter, während er trinkt, was sie ihm eingeschenkt hat. Alles Almosen. Aber heute braucht er ein Quartier, denn der Himmel ist die Hölle. Schwarz ist die Geburt von oben. Wer gibt dem Theofrast ein trockenes Bett? Da fällt ihm Klytämnestra, das häßlichste Weib im Dorfe, ein. Unbekannt ist ihre Herkunft; man kennt ihren wahren Namen nicht. Die Leute sagen, sie habe ihren Mann umgebracht und weil ihr ganzes Wesen rätselhaft ist, nennt man sie einfach Klytämnestra; nach der griechischen Mythologie jene Königstochter, die ihren Gatten ermordete. Sie wohnt am Rande des Dorfes in einem abgelegenen, halb verfallenen Haus, wo alle Leute einen großen Bogen machen, denn gruselig ist alles, was um sie kreist. Das Haus, der Hund, die Katze, die Fenster, die Tür; selbst die Blumen davor sind düster und stachelig und versperren jeden Zugang. Dort klopft nun Theofrast in seiner Not und bittet um einen trockenen Platz für die Nacht.

Klytämnestra öffnet mit einem unergründlichen Lächeln die Tür einen Spalt – dann so weit, daß er gerade eintreten kann. Worte gibt es nicht. Es gibt heiße Kartoffeln, Milch und sonderbare Blicke aus den Augen der Klytämnestra.

Dem Theofrast schaudert, aber er ißt und trinkt, denn er will auch diesen Tag überleben. Klytämnestra weist ihm ein Bett. Schweigend legt er sich hin – und hat Angst; nichts als Angst. Wie könnte es auch anders sein, wo doch Klytämnestra im Dorf von allen Seiten gemieden wird. Warum eigentlich?, denkt sich Theofrast. Weiß man genaues? Jedenfalls wünscht er sich im Augenblick, daß alles nur ein Gerücht der Dorfbewohner ist. Theofrast liegt im warmen Bett und denkt nach:

„Was habe ich eigentlich, außer daß ich lebe, bis jetzt erlebt? Nicht viel Schönes."

Er schließt die Augen und wünscht sich, daß er schlafen könne. Aber die Angst vor Klytämnestra läßt ihn nicht dazu kommen. Theofrast wartet. Er weiß nicht, auf was er wartet, während er im Bett liegt und nach dem Toben des Unwetters lauscht. Da spürt er einen Hauch. Jemand muß im Raum sein. Einen kleinen Spalt öffnet Theofrast seine Augen. Da sieht er Klytämnestra vor ihm stehen. Sein Herz krampft sich zusammen und erstarrt. Fast mythologisch denkt er: „Sicher hat sie den Mordstahl im Gewande, die Verruchte." Theofrast ist so gelähmt vor Angst, daß er sich nicht bewegen kann. Schweiß tritt auf seine Stirn. Klytämnestra erhebt ihre Hand. Wird es der Dolch oder ein Würgegriff? – Dann neigt sie sich über das Bett und zieht dem Theofrast mit einer unendlichen Zärtlichkeit die herabgerutschte Decke über seine Schultern und flüstert etwas, was er nicht versteht. Dann entfernt sie sich lautlos. Die Starre löst sich. Die Brust des Theofrast atmet in langen Zügen den Odem des Lebens und ein großen Ahnen kommt über ihn.

Nach einiger Zeit schläft Theofrast ein – in einem Frieden, so süß, wie er noch nie eingeschlafen ist, denn es ist das erstemal in seinem Leben, daß er ein kleines bißchen der Liebe begegnet ist.

Der Landarzt

Den Knapp kennt jeder. Aber noch besser kennt der Knapp jeden, denn der Knapp, wie er allgemein genannt wird, ist Landarzt. Rauhbeinig ist sein Wesen, und, wegen dauernder Überbeschäftigung, knapp seine Art. Weil er von Gestalt klein ist, nennt man ihn zuweilen auch den „knappen Knapp". Doktor sagt niemand, wenn man über ihn spricht; nur bei persönlichem Gegenüber.

Soeben sitzt der knappe Knapp beim Mittagessen; auf hohem Sessel – seine Füße reichen kaum bis zum Boden und baumeln wie bei einem Kind im Friseursessel. Aber Rahmsuppe gibt es, seine Lieblingsspeise, mit viel Kümmel und schön heiß, wie er es mag. Mally, seine Frau, hat ihm zwei Eier hineingeschlagen, sowie den Salzstreuer und die Essigflasche in Griffweite hingestellt. Der Knapp freut sich. Aus der Brotdose sucht er sich das härteste Stück Schwarzbrot dazu und genießt den Mittag. Da lärmt die Glocke am Tor. Knapp schaut nicht auf; er ist es gewohnt, zu jeder Zeit gestört zu werden. Mally geht zum Tor und öffnet.

„Der Matthias stirbt!", schreit ihr der Ernstl ins Gesicht.

„Wieso?", fragt Mally.

„Das weiß ich nicht", sagt der Ernstl, und schon ist er wieder weggelaufen.

Mally geht zum Mittagstisch zurück und fragt ihren Mann, ob er weiß, daß es um Matthias so schlecht bestellt ist. Der Knapp fischt sich das zweite Ei aus dem Rahmsuppentopf und sagt gemächlich:

„Wohl wohl weiß ich Bescheid, daß Matthias im Sterben liegt.“ –

„Und?“ – fragt Mally.

„Nichts – und – ich kann ihm nicht helfen, weil er nicht mehr leben will. Seine Kerze ist heruntergebrannt.“

„Dann verlängere ihm doch den Docht“, sagt die Mally, die immer schon etwas übrig hatte für Wortspiele.

Knapp setzt den Löffel, den er gerade zum Munde führen will, nachdenklich ab. Ein sonderbares Lächeln spielt um seine Lippen – aber so unergründlich, daß selbst Mally es nicht enträtseln kann. Knapp rutscht vom Sessel wie ein Bengel, der nicht mehr sitzen will und schreit durch das Fenster in den Hof hinab:

„Jakob, anspannen, wir fahren zum Matthias!“

Fünf Minuten später rollt die Doktorkutsche zum Tor hinaus. Beim Flickschuster Matthias angekommen, spielt sich folgendes ab:

Aus dem erlöschenden Gesicht des Matthias kommen die schwachen Worte:

„Herr Doktor, ich sterbe.“

„Ich weiß“, sagt der Knapp auf seine knappe Art und nickt bejahend, während er dem Matthias den Puls fühlt.

Dieser öffnet erstaunt die Augen.

„Täusche ich mich nicht, Herr Doktor?“

„Nein, Matthias, Du täuscht Dich nicht. Ich werde Dir den Pfarrer Justl schicken. Aber vorher möchte ich Dich noch schnell um etwas fragen: Du weißt doch, daß ich schon immer Dein Wiesengrundstück, welches an mein

Anwesen grenzt, kaufen möchte; aber Du hattest immer taube Ohren. Unterschreib mir, und ich brauche mich mit Deinen Erben nicht neu herumstreiten. Du brauchst ja die Wiese nicht mehr."

Da kommen plötzlich neue Lebensgeister und beleben die dahinwelkende Hülle des Flickschusters Matthias. Schwer atmend verarbeitet Matthias den neuen Odem, der seine Brust durchströmt. Nach einiger Zeit richtet er sich mit eigener Kraft halb auf und zeigt mit ausgestrecktem Finger zur Tür.

„Hinaus, Unverschämter! Ich werde nicht sterben; ich werde leben – ich will leben!"

Knapp verläßt den Matthias. Auf der Heimfahrt geht ein Lächeln durch seinen Sinn:

„Bin ich froh, daß ich von Menschen zuweilen mehr verstehe als von den Arzneien."

Und glücklich lehnt er sich zurück, der knappe Knapp, der tüchtige Landarzt.

Die Segenstatt

Fronleichnam. Lieblich trällert die Lerche in der vorsommerlichen Luft. Seit undenklichen Zeiten richtet der alte Pröll die Segenstatt am Rande des Dorfes her. Dort, wo der Weg sich gabelt und die zwei Vogelkirschbäume stehen. Gestern kam er mit der Sense und hat das Wiesendreieck zwischen den zwei auseinandergehenden Wegen gemäht, um für Altar und Volk Platz zu schaffen. Heute ist Fronleichnamstag. Schon früh morgens hat der Pröll auf einem Karren die Segenstatt herangebracht. Es ist eine große, grün gestrichene Kiste, die, mit dem Boden nach oben gestülpt, den Altartisch ergibt. Franzl, einer der größten, aber liebenswertesten Lausbuben des Dorfes, hat schon das Feiertagsgewand an, denn er soll bei der Prozession den Kessel mit dem Weihwasser tragen. Aber ihn interessiert das Hantieren des alten Pröll und deshalb treibt er sich bei der Segenstatt herum. Franzl schaut zu, wie der Pröll die Birkenstämmchen in die Erde rammt und einen Teppich vor dem Altar entrollt. Alles kommt dem Franzl sehr feierlich und erhaben vor. Als nun der Pröll auf kurze Zeit den Platz verläßt, um noch einige Dinge heranzuschaffen, überkommt den Franzl ein ganz seltsames Verlangen. Der Bub überlegt nicht lange. Er hebt die Kiste an einer Seite auf und kriecht in den Hohlraum. Ein Astloch gestattet ihm einen herrlichen Ausblick auf den Vorplatz des Altars. Weil es ihm im Inneren des Altars so gut gefällt, vergißt er ganz, rechtzeitig wieder herauszuschlüpfen. Da kommt der alte Pröll wieder angeschlurft und stellt Vasen mit blütenweißen Schneeball- und Fliedersträußen auf den Altartisch; Kerzenleuchter aus blankgeputztem Messing und zu guter Letzt die uralte Madonna im großen Glassturz. Aus – vorbei. An ein Herauskommen ist nicht mehr zu denken. Franzl weiß, daß, wenn er die Kiste auf einer Seite anhebt, der Glassturz unweigerlich umfallen und zerbrechen würde. Aber erstaunlich rasch hat er sich in sein Schicksal gefügt. Er wird durch das Astloch die Feierlichkeiten vor dem Altar beobachten und nach der Prozession – der Pröll kann ja nicht alles auf einmal wegbringen – wird er genauso unbemerkt, wie er in den Altar hineingekommen ist, auch wieder herauskommen. Franzl freut sich.

Nachdem der Pröll seine Vorbereitungen beendet hat und weggegangen ist, wird es eine Weile still bei der Segenstatt. Franzl sitzt vor dem Astloch und schaut hinaus. Da sieht er plötzlich, wie die Fanny-Tante aufgeregt hin und her rennt und nach ihm ruft und sucht. Die Fanny-Tante ist seine Ziehmutter, und er liebt sie sehr. Sie ist ein älteres Fräulein, klein von Statur und ausgewachsen mit einem Buckel. Sie hat es nicht leicht, denn oft wird sie zum Gespött von Kindern und auch Erwachsenen. Aber sie ist eine tiefreligiöse und brave Frau. Nun sucht die Fanny-Tante, selbst auch schon im Feiertagsgewand und das Fransentuch um die Schultern, damit man den Buckel nicht so sieht, ihren Schützling, den Franzl, denn die Leute nehmen schon Aufstellung für die Fronleichnamsprozession. Vom Wald herunter krachen die Böller; die gelbweiße Kirchenfahne flattert hoch oben am Turm. Die aufgeregte

Fanny-Tante findet ihren Franzl nirgends. Sie kommt zur Segenstatt, kniet nieder und fleht in ihrer Not:

„Liebe Gottesmutter, bitte hilf mir, den Franzl finden."

Da kommt eine große Rührung über den Franzl. Er verstellt seine Stimme und sagt:

„Sei ohne Sorge, christliche Frau. Der Franzl ist bis zum Mittagessen sicher wieder zu Hause."

Verblüfft hebt die Fanny-Tante ihren Blick zur Gottesmutter im Glassturz. Dann läßt sie den Kopf auf ihre Brust sinken und ein unbeschreibliches Lächeln verklärt ihr Antlitz, denn sie hat mit ihrem überaus feinen Gehör die Stimme des Franzls erkannt und gleichzeitig auch das Astloch entdeckt. Sie weiß alles. Sie weiß alles – und schweigt. Stumm erhebt sie sich und verläßt die Segenstatt. Was denkt die Fanny-Tante? Sie denkt daran, daß sie auch einmal ein Kind war und daß ihre Bereitschaft zu Unfug und lustigen Späßen riesengroß war. Aber niemand teilte mit ihr die Lust der Jugend, denn sie war ausgewachsen. Zum Gespött war sie. Sie denkt und spinnt ihre Gedanken weiter und kommt zu folgendem Entschluß.

„Das ganze Dorf habe ich heute in der Hand, und einen Scherz, ja endlich einen Scherz, einen Riesenscherz will ich mir bereiten; und die Gottesmutter wird ihn mir verzeihen, denn die wahre Religion ist heiter, froh und frei."

Und dann trifft sie die Mesnerin.

„Du Mesnerin, stell Dir vor, die Madonna im Glassturz bei der Segenstatt hat zu mir gesprochen."

„Was? – Was sagst Du da? Fanny, bist Du von Sinnen?"

„Ich bin nicht von Sinnen, mir sind die Sinne erst gekommen" – und dann geht sie verzückt weiter und läßt die Mesnerin stehen. Im Nu wissen es alle. Ein Riesengetuschel entsteht. Die Leute stehen in Gruppen beisammen. Jeglicher Mund neigt sich zum Ohr des anderen, um das Unfaßbare heimlich zu künden. Aber je leiser es weiterverbreitet wird, um so lauter hämmert es in den Köpfen. Da löst sich die kleine Irma, ganz in Weiß mit einem Körbchen Blumen, von der Menge und rennt zur Segenstatt hinunter. Das Kind der Santnerin ist es, und ihre Mutter liegt krank darnieder und mag nichts mehr essen. Vor dem Altar kniet nun die kleine Irma und streut aus ihrem Körbchen alle Blumen, die schönen Margeriten und die duftenden Nelken, auf den Teppich und bittet die Madonna ganz inniglich, daß ihre Mutter wieder gesund werden möge. Der Franzl, der die Irma heimlich liebt, zögert keinen Augenblick, um ihr die Frohbotschaft zu verkünden:

„Geh heim und sei voll Zuversicht, Deine Mutter wird gesund werden."

Mit einem Freudenschrei springt Irma auf, wirbelt zurück zu den Leuten, stammelt das Gehörte und läuft heim zur Mutter, der kranken Santnerin, um ihr wieder und immer wieder zu sagen, daß die Gottesmutter ihr versprochen hat, ihre Mutter wieder gesund zu machen.

In der Menge brodelt es. An einen Beginn der Prozession ist nicht mehr zu denken. Die Leute sind nicht zu bewegen, Aufstellung zu nehmen. Für und wider sind die Meinungen. „Ein zweites Fatima", sagen die einen. „Hokuspokus", sagen die anderen. Da löst sich wieder jemand von den Beisammenstehenden und geht zur Segenstatt hinunter. Ein reicher Wirt ist es. Beim Hinuntergehen, tändelnd mit der schweren, goldenen Uhrkette, denkt er bei sich:

„Wenn sie zu Kindern und Buckligen redet, wird sie für mich angesehenen Bürger auch ein Wort übrig haben."

Der Wirt steht vor dem Altar, neigt stolz das Haupt, legt ein schweres Geldstück hin und spricht:

„Madonna, sag mir, werden jetzt viele fremde Leute in unsere Gegend kommen, soll ich einen größeren Saal bauen?"

Franzl, der im Grunde ein guter Bub ist, ist erbost über diesen Eigennutz. Er ist unfähig, darauf eine Antwort zu geben. Da legt der Wirt ein zweites Geldstück hin und wiederholt die Frage. Franzl möchte ihm seine Meinung hinschleudern, aber eine innere Stimme sagt ihm, daß es besser ist, jetzt zu schweigen. Da geschieht das Unfaßbare. Der Wirt nimmt das Opfergeld wieder an sich, brummt „alles Hokuspokus", dreht sich um und geht davon. Franzl sieht ihm wie gelähmt nach. Er versteht die Welt nicht mehr. Derselbe Wirt, der jeden Sonntag vor aller Öffentlichkeit zur Kommunionbank geht, nimmt der Madonna das Opfergeld wieder weg, nur weil die Gottesmutter auf seinen Handel nicht eingegangen ist. Ein großes Nachdenken und eine große Traurigkeit befällt den sonst so lustigen Franzl. Da falten sich seine Hände und er beginnt, zur Madonna, die über ihm im Glassturz steht, zu beten, die Menschen mögen doch besser sein. Dann schaut er wieder beim Astloch hinaus. Der Pfarre Justl naht im wehenden Chorhemd. Stumm steht der geistliche Herr vor der Segenstatt, blickt auf den Altar, auf den Glassturz und leise, voll Zweifel und Hoffnung, voll Demut und Stolz, voll Wissen und Nichtwissen, kommt über seine murmelnden Lippen die Frage:

„Madonna?“

Franzl gibt auch jetzt keine Antwort. Er läßt niemand mehr zwischen ihn und seine Gottesmutter kommen. Der Pfarrer geht weg. Franzl sieht der schwarzen Gestalt nach. Dann findet endlich die Fronleichnamsprozession statt.

Mit großem Gepränge und Glockengeläut und Böllerschüssen naht der festliche Zug. Gelb blitzen die Instrumente der Musikkapelle, rot und grün sind die schwankenden Fahnen mit den dicken Quasten – ein herrliches Bild. Franzl freut sich wieder. Das ganze Dorf versammelt sich vor ihm und der Bub ist entzückt über seinen Aussichtsplatz. Die Ministranten, seine Schulkameraden, knien vor ihm und er schaut in ihre Gesichter und weiß um jeden ihrer Gedanken. Er weiß um ihre kleinen Bosheiten, wie sie den Pfarrer ärgern können, und fast tut es ihm leid, daß er jetzt nicht unter ihnen sein kann. Der Ernstl schwingt das Weihrauchfaß direkt vor seiner Nase. Der Rauch dringt durch alle Ritzen der Kiste, und Franzl muß sich mit der allergrößten Anstrengung ein Niesen verhalten. Aber er ist tapfer und verhält sich ruhig. Er sieht in das Volk. Er sieht, wie sich die Lippen andächtig bewegen. Eine Gebetswelle nach der anderen rollt an ihn heran. Franzl befindet sich in der Brandung der Religion. Ihn schaudert bei dem Gedanken: „Was täten all diese Leute, wenn es keine Religion gäbe? Wo bliebe die Hoffnung?“ Aber gleich tut er diese schwierigen Gedanken wieder zur Seite, denn er ist jung und will unbeschwert und lustig sein. Herrlich, ja herrlich ist alles. Jetzt kniet das ganze Dorf und empfängt den

Foto: Defner

Segen des Pfarrers. Dann gruppieren sich die einzelnen Abteilungen wieder. Die stolzen Goldhauben, die schwätzenden Schulklassen, die Veteranen mit den stahlblauen Hahnenfedern, die Vereine, die Bürgerschaft und das ganze Dorf. Alle gehen sie wieder weg. Die Fahnen schwanken voran. Die Musikinstrumente blinken dazwischen. Wieder hört man Böller vom Wald herunter und großes Glockengeläut. Um Franzl wird es einsam. Ein Meer von Blumen liegt vor ihm, aber er ist allein. Die Menge, das Leben, geht dort geschlossen dahin und dem Franzl wird in seiner Kiste ganz eng und bange. Hoffentlich, denkt er, ist die Prozession bald aus, daß der alte Pröll die Segenstatt abräumen und ich die Kiste verlassen kann. Schier eine Ewigkeit muß er darauf warten. Aber endlich ist es doch soweit. Der Pröll kommt und holt zuerst die Madonna und die Vasen vom Altartisch. Liebevoll und in tiefer Andacht streichelt er den Glassturz und nickt, während er sich damit entfernt. Jetzt ist der Zeitpunkt wo der Franzl die Kiste auf einer Seite aufheben und hinausschlüpfen kann. Er tut es. Frei atmen seine Lungen, während er, springend wie ein junges Reh, heim zu Tante Fanny läuft.

Dort angekommen, erwartet ihn sein Lieblingsessen – Zwiebelnockerl mit recht viel Zwiebel. Mit großem Appetit sitzt Franzl bei Tisch und wundert sich, daß die Fanny-Tante nicht nach seinem langen Verbleib fragt. Die Fanny-Tante genießt ihren heimlichen Triumph über das ganze Dorf. Sie genießt den größten Spaß ihres Lebens. Aber sie ist eine tiefreligiöse Frau, und deshalb bittet sie die Gottesmutter um Verzeihung, sollte es ein Frevel sein, daß sie den Franzl hat walten lassen. Doch diese Bangigkeit wird sofort zerstreut. Kinderstimmen werden laut, die Tür wird aufgerissen:

„Ein Wunder ist geschehen. Die Santnerin ißt wieder. Vier Löffel Rahmsuppe hat sie gegessen!“

Schon wirbeln die Kinder weiter, um in allen Häusern das Wunder zu verkünden. Die Fanny-Tante lächelt wieder ihr unergründliches Lächeln, und über den Franzl kommt ein großes Staunen. Die Fanny-Tante ist fromm und weise genug, um zu erkennen, daß die Vorsehung sich des Franzls bedient hat, um die Santnerin wieder gesund zu machen, und stärker denn je ist ihr Glaube. Dasselbe fühlt auch der Franzl, obwohl er die Zusammenhänge und die wunderbaren Wege noch nicht so ganz erfassen kann. Aber gläubig ist auch sein Herz, und glücklich schauen sich der Franzl und die Fanny-Tante in die Augen, und beide wissen sie, daß von der Segenstatt wirklich ein Segen ausgeht.

Aber nicht basta, solange ich nicht richtig unterschrieben habe. Um all dies geht es morgen und deshalb bringe mich nicht draus."

Rosa resignierend: „Nun gut, fahre morgen mit dem Milchmann in die Stadt. Da kannst Du vorne auf dem Kutschbock sitzen, Dir noch alles gut überlegen und dabei, wenn ihr beim Friedhof vorbeifahrt, sehen, ob die Blumen nicht verwelkt sind, die ich in der Vorwoche setzte. Vom Autobus aus könntest Du das nicht, weil der zu schnell fährt und außerdem kostet das wesentlich mehr. Dem Notar kannst Du ausrichten, er möge jederzeit zu einem Glas Selbstgebranntem bei uns vorbeikommen. Ich habe ohnehin noch ein kleines Hühnchen mit ihm zu rupfen."

„Welches Hühnchen?" – fragt der Matthias mit aufkeimendem Interesse.

„Das geht Dich nichts an", sagt die resolute Rosa. „Setz Du zuerst einmal Deine Unterschrift unter das Dokument. Das Meine ist nur eine Kleinigkeit. Deine ordentliche Unterschrift ist viel wichtiger."

Rosa hat gesprochen.

Matthias gibt sich zufrieden und konzentriert sich wieder ganz auf seinen Namenszug, den er beim Notar hinlegen wird. Wahrscheinlich mit blauer Tinte. Blau ist modern. Schwarz hatte man früher.

Nächsten Tages kommt Matthias mit dem Milchmann in die Stadt. Er tätschelt diesem die Wange, meinend, daß jenem ein Lob mehr bedeutet als Lohn und klettert über die Milchkannen, das Pflaster der Stadt betretend.

Gleich begibt er sich zum Notar. Ist es da vornehm. Alle Böden sind direkt mit Teppichen ausgelegt. Obwohl dies der Matthias als Verschwendung betrachtet, hat er doch großen Respekt davor. Er geht am schmalen Rand neben den Teppichen, um jene nicht unnütz zu strapazieren.

Vor dem Notariatszimmer wird er von einem Fräulein abgefangen, welches ein so kurzes Röckchen an hat, daß sich der Matthias gar nicht ausmalen kann, was da wäre, wenn sich dieses Fräulein um etwas bücken müßte, zum Beispiel um eine herabgefallene Büroklammer, wie es in Kanzleien doch vorkommen kann. Kurzum, auf einmal befindet er sich im Arbeitszimmer des Herrn Notar. Dieser hat eine Brille auf, blitzend wie Diamanten. Direkt ein kleines Gewitter geht von dieser Brille aus. Und die Augen, die einem durch diese Brille ansehen – Respekt, Respekt! Matthias setzt sich nur halb auf den ihm angebotenen Stuhl und wartet, bis das Wort an ihn gerichtet wird. Jedoch das dauert lange. Das Fräulein mit dem kurzen Rock erscheint immer wieder mit dicken, grünen Unterschriftsmappen und flugs fährt die Feder des Herrn Notar über die Schriftstücke, ohne daß diese vorher durchgelesen werden. Matthias denkt bei sich: „Eine Unterschrift überlege ich mir schon länger. Außerdem mache ich sie aufmerksamer und mit Bedacht. Wie dieser Kerl seinen Namen gedankenlos hinkritzelt. Dabei müßte man doch meinen, er sei studiert?“ Sein Respekt vor dem Herrn Notar sinkt. Schließlich wird ihm, zwischendurch, ein kaum beschriftetes Blatt Papier zum Unterschreiben vorgelegt. Das Fräulein mit dem kurzen Rock macht mit Bleistift ein kleines Kreuzerl – dort soll er beginnen.

Matthias unterschreibt nicht. Er kann nicht und er will auch nicht. Er muß zuerst noch mit dem Notar sprechen. Dieser hat aber anscheinend keine Zeit für ihn. Er telefoniert sogar dazwischen. Dann trommelt er mit den Fingern auf der Tischplatte, reißt nervös das Kalenderblatt ab und schaut, ob Matthias schon unterschrieben hat. Aber davon kann keine Rede sein. Der Matthias hat jetzt seinen Dickschädel aufgesetzt und das will was heißen. „Da fährt man extra in die Stadt zum Unterschreiben, hat sich anständig vorbereitet und eingeübt und so ein Tintenvieh beachtet einen überhaupt nicht. Tut so, als ob man gar nicht da wäre. Na, warte!"

Matthias denkt angestrengt nach, wie er dem Herrn Notar Beachtung beibringen könnte. Da fällt ihm plötzlich die Bemerkung seiner Frau Rosa ein. Und so nebenbei sagt er:

„Die Rosa, meine Frau, läßt Ihnen ausrichten, Sie sollen einmal bei uns vorbeikommen, denn sie hätte etwas mit Ihnen abzuhandeln." Mehr sagt er nicht, denn mehr weiß er auch nicht. Aber das bißchen Gesagte hat genügt. Der Herr Notar steht sofort auf, schließt die Tür, damit das Fräulein mit dem kurzen Rock nicht zuhört und will vom Matthias allerhand wissen. Der, unwissend, weiß nichts. Der Notar legt dies als Diplomatie aus und wird sehr freundlich. Er hat auf einmal auch genügend Zeit. Schlußendlich lobt er noch ganz besonders die inzwischen mit großer Vollendung hingesetzte Unterschrift des Matthias und versichert diesem, immer für ihn da zu sein.

Zufrieden verläßt Matthias das Notariat, mitten über den Teppich schreitend.

Auf der Heimfahrt, wieder im Wagen des Milchmannes, brütet Matthias eine Weile vor sich hin; kommt aber bald zu folgendem Resultat:

„Egal, was die Rosa da mit dem Notar abzuhandeln hat. Wichtig ist, daß man sich die Advokaten gefügig macht. Wer weiß, wozu man sie noch braucht!“

Die kürzeste Unterrichtsstunde

Nach der Pause. Der Herr Lehrer betritt das Klassenzimmer. Die herumtobenden Schüler lassen ihm kaum Platz, mit Würde nach vorne zu gelangen. Endlich gelingt es ihm aber doch, das Presbyterium der Klasse, den erhöhten Platz im Bereiche der Tafel und des Katheders, zu erreichen. Mit hochgehobener Hand gebietet der Herr Lehrer Schweigen und kündet damit den Beginn des Unterrichtes an. Die Klasse ist augenblicklich still. Aber nicht aus Disziplin, sondern aus Neugier. Es ist die Spannung, die bei jedem Unterrichtsbeginn herrscht, wenn verkündet wird, was in der kommenden Stunde gemacht wird. Der Herr Lehrer ist bei guter Laune. Daher bedient er sich seines allseits bekannten und heiteren Wahlspruches:

„Schüler! Aufgepaßt und hergeschaut und wisset: Sehr gut arbeite nur ich, gut arbeiten von euch wenige, befriedigend einige, genügend schon mehrere und nicht genügend die meisten. Das, Schüler, muß sich ändern!"

„Nicht nur ändern", kommt es aus den hinteren Reihen. „Ins Gegenteil wird sich das noch wandeln!"

Der Herr Lehrer lächelt stolz. Aber plötzlich kommt ihm zum Bewußtsein, welch ein Spott in dieser Bemerkung liegt. Zornig ruft er in die Klasse:

„Welcher Frechdachs hat das gesagt? Er trete vor!"

Niemand rührt sich; nur Kichern.

„Wer kann mir den vorlauten Frechling nennen?"

Die Klasse schweigt.

„Schüler! Ich respektiere, daß keiner den anderen verraten will. Aber ungestraft nehme ich diese Bemerkung nicht hin. Wenn jemand bereit ist, für den Feigling, der sich nicht meldet, die Strafe auf sich zu nehmen, so soll er das Klassenzimmer verlassen und sich auf den Gang hinausstellen."

Der Ernstl ist sofort bereit und verläßt das Klassenzimmer. Ebenso handelt der Franzl und der Fritzl und alle anderen Buben. Binnen zwei Minuten hat sich die ganze Klasse bereit erklärt, die Buße auf sich zu nehmen und ist vollzählig und zum allgemeinen Gaudium am Gang versammelt.

Der Herr Lehrer steht vor leeren Bänken. Es ist seine kürzeste Unterrichtsstunde.

Später Kirtag

Die Res ist eine rechtschaffene Person vom Scheitel bis zur Sohle. Sie ist Witwe und bewohnt mit ihrem kleinen Sohn Michael ein Häuschen am Rande des Dorfes. Der Bub von der Res geht in die erste Klasse und ist nicht schlimmer und nicht braver als die meisten Buben im Dorf. Morgen ist Kirtag. Michael freut sich mächtig darauf, mit seinen Klassenkameraden am Kirtag herumzutollen, den Schaum aus den Rollen hinauszublasen, sich ins Kettenkarussell verkehrt hineinzusetzen, fünf Salzgurken auf einen Sitz zu essen und so fort. Den ganzen Tag übt er heute schon das Blechdosenherunterschießen, die er am Zaun aufgestellt hat. Wie das Unheil nie weit vom Platze ist, verirrt sich ein Stein und trifft eine Fensterscheibe des Nachbarhauses. Die Scheibe geht klirrend in Brüche. Die Res stürzt aufgeregt aus dem Haus. Nach dem ärgerlichen Abbitten beim Nachbar denkt die Res nach, wie sie ihren Michael strafen soll. Strafe muß sein, das weiß die Res. Aber ihr fällt im Moment nichts Passendes ein, und so sagt sie geschwind hin:

„Du gehst mir morgen nicht zum Kirtag!"

Für Michael bricht eine Welt zusammen. Nicht auf den Kirtag? Wo doch das ganze Dorf hingeht – klein und groß, jung und alt. Seine Mutter vergißt inzwischen den Vorfall und geht wieder ihrer Arbeit nach. Nächsten Tages mag Michael nicht einmal sein Frühstück essen. Stumm sitzt er am Fensterbrett und schaut hinaus. Mit traurigen Augen sieht er die Kirtagsleute vorübergehen. Immer wieder kommen die Buben von seiner Klasse und möchten ihn abholen. Aber Michael schüttelt den Kopf und sagt:

„Ich darf nicht auf den Kirtag; ich habe eine Fensterscheibe eingeschlagen."

Und so geht der Tag hin. Am Abend ist der Kirtag aus und die Schausteller beginnen mit dem Zusammenräumen. Da kommt plötzlich der Res zum Bewußtsein, daß sie ihren Michael gar zu streng bestraft hat. Tiefe Reue und ein banges Gefühl befällt die brave Frau.

„Michael!" ruft sie in die Kammer, „komm schnell, wir gehen noch auf den Kirtag".

Den Buben an der Hand, geht die Res zum Platz hinter der Kirche. Überall ist man beim Einpacken und Zusammenräumen. Für wenig Geld ersteht die Res einen ganzen Sack Süßigkeiten. Eine Trompete bekommt der Michael sogar und noch eine bunte Kappe mit langen Bändern dazu.

„So viel, Michael, hätten wir nie bekommen um so wenig Geld, wenn wir nicht bis zum Schluß gewartet hätten. Jetzt darfst Du vielleicht noch mit dem Ringelspiel fahren."

Die Res bittet den Mann vom Karussell sehr, doch für den Michael noch einige Runden zu drehen.

So sitzt der Bub nun ganz allein am Ringelspiel. Die Res dreht selbst, und der Mann spielt die Orgel dazu. Michael hat die bunte Kappe am Kopf und die Trompete in der Hand. Seine Hände sind kalt; sein Blick weit weg.

„Freust Du Dich nicht, Michael?", fragt die Res bekümmert ihr Kind.

„Ja, schon“, sagt der Bub ganz leise, und dabei rinnen ihm die Tränen über das ganze Gesicht.

„Gute Frau“, sagt der Spielmann, und schaut die Res mit seinen alten, wissenden Augen an, „es ist am besten Sie gehen wieder heim“.

Herr Emmerich

Im Haus der Mesnerin wohnt ein alter Mann mit bescheidener Rente in Untermiete. Emmerich heißt er, und aus dem Böhmischen ist er nach dem Krieg ins Dorf gekommen. Er ist ein feiner und stiller Mann. Emmerich lebt ganz von seinen Erinnerungen und Illusionen. Er unterscheidet sich von den anderen alten Leuten, weil es ihm immer wieder gelingt, wie durch ein geheimnisvolles Elixier, sich vor dem letzten, endgültigen Altern zu bewahren. Immer, wenn seine Umgebung glaubt – jetzt tritt Herr Emmerich in die Dämmerung des Lebens ein – ist es wieder nicht der Fall, denn da bringt dieser seltsame Mensch plötzlich seinen Frack in die Reinigung, läßt seinen Zylinder entstauben, das Rüschenhemd parfümieren und die Schuhe vom Buben der Mesnerin für ein horrendes Trinkgeld auf Hochglanz bringen. Drei volle Tage bereitet er sich sorgfältig für seinen großen Ausgang vor. Ist es dann so weit, prüft er mit angefeuchtetem Finger am offenen Fenster noch schnell die Windrichtung. Im letzten Augenblick trifft er dann noch die Entscheidung, ob er den Schirm mitnehmen soll oder nicht. Dann kommt das lang vorbestellte Taxi vorgefahren. Herr Emmerich haucht den silbernen Knauf seines Kavalierstockes an und poliert mit unnachahmbarer Geste dieses Prunkstück von einem Knauf. Gleich darauf vertraut er sich mit großer Huld dem über die Treppe heraufstürmenden Taxilenker an. Dieser eilt mit gezogener Dienstkappe voll Beflissenheit, mal links mal rechts hofierend, schusselnd zur Autotür, um sie weit und einladend zu öffnen. Herr Emmerich zieht dann seine Taschenuhr mit der schönen goldenen Kette hervor, um einen überaus prüfenden Blick darauf zu werfen. Während des Einsteigens hält er den seidenen Schal leicht an seine Lippen und hüstelt: „Dieses Klima hier bekommt mir nicht; ich muß demnächst wieder einmal an die See."

Dann nimmt Herr Emmerich Platz und nickt dem Taxifahrer mit der ernstesten Miene der Welt zu.

Erst im rollenden Wagen entscheidet er sich, wohin er diesmal gefahren werden will. Manchmal sagt er in knappen Worten: „Zur Oper." Oder, mit leichtem Wackeln des Kopfes: „Auf den Montmartre, ins Moulin Rouge." Ein anderes Mal sagt er: „Auf den Duellplatz, wir wollen den Kavalier nicht warten lassen; sind die Pistolen bereit?" Oder es geht zu einer Herzdame. In diesem Falle gibt er dem Fahrer diskret einen Zettel mit der Adresse. Aber bei jeder dieser Varianten ist die Durchführung stets die gleiche. Der Taxifahrer bleibt am Dorfrand an einem halbverfallenen Häuschen stehen, öffnet mit einer tiefen Verbeugung die Wagentür und sagt:

„Gnädiger Herr, wir sind an Ort und Stelle."

„Warten Sie im Wagen", lautet die Antwort.

Dann begibt sich Herr Emmerich in vollendeter Manier stolz erhobenen Hauptes hinter das Haus, geht sinnend einige Male hin und her und kehrt nach kurzer Zeit zum Taxi zurück. Nachdem er wieder Platz genommen hat, sagt er entweder:

„Die Dame ist nicht zuhause", oder: „Die Oper ist wegen eines Putsches geschlossen", oder: „Mein Duellgegner hat das Weite gesucht, dieser Hasenfuß“, oder: „Das Moulin Rouge ist von Polizei umstellt, ein Cancan-Girl wurde mit durchschnittener Kehle eben weggeschafft.“

Dann gibt Herr Emmerich Weisung zum Heimfahren, denn er habe ohnehin heute seine Migräne. Während der Rückfahrt, der Taxifahrer macht aus Mitleid noch einen kleinen Umweg über den Anger, murmelt Herr Emmerich noch etwas von Börsenkrach und zupft mokant an seinem Schnurrbart. Dann steigt er aus und gibt dem Fahrer noch ein fürstliches Trinkgeld.

In seiner Kammer angelangt, legt Herr Emmerich mit zufrieden geglättetem Gesicht seine Kleiderhabseligkeiten sorgsam an ihren Platz zurück. Jetzt braucht er sie wieder lange nicht. Schließlich kann er sich mit seiner kleinen Rente solche Ausfahrten nicht täglich leisten. Jeden Tag braucht er sie auch nicht, der Herr Emmerich.

Justl und Ernstl

Pfarrer Justl ist mit allen irdischen Gütern gesegnet. Er erfreut sich einer geachteten Stellung in seiner Heimatgemeinde, und seine Pfründe sind die fettesten weit und breit. Außerdem strotzt er vor Gesundheit wie eine aufgehende Sonne. Und doch ist er nicht restlos glücklich. Ihm fehlt das gerüttelte Maß an Freud und Leid, das einzig dem Leben täglich neuen Inhalt verleiht; eine Sache, die dem gemeinen Mann wie aus einem Füllhorn beschert wird. Justl sieht zwar täglich alle Sorgen, die das Leben der Menschen heimsuchen, aber er sieht sie gleichsam wie von einem hohen Berg aus, weil er selbst keine nennenswerten Sorgen hat. Und so entsteht die Einsamkeit. Pfarrer Justl sehnt sich danach, einmal etwas zu erleben, was an seine Seele und sein Herz rührt.

Er wandelt gerade über den Anger, das Brevierbuch in seinen schlanken, gepflegten Händen. In regelmäßigen Abständen hört man vom Dorfe her eine Kreissäge konsequent und kompromißlos das Holz und die Stille in zwei Teile schneiden. Dann wieder hört man die Turmuhr schlagen. Im Gebet und in Gedanken versunken nähert sich Pfarrer Justl dem großen Maisfeld. Plötzlich bleibt er stehen. Seine Gedanken zerflattern wie die Papierfetzchen eines zerrissenen Briefes. Am schmalen Wiesenpfad, der sich entlang des Maises zieht, liegt vor seinen Füßen eine wunderschöne, braune Geldbörse. Justl rafft seine eng anliegende Soutane in Kniehöhe etwas, um sich besser bücken zu können und will die Geldbörse aufheben. Aber siehe da, die Börse hüpft weg und ist verschwunden. Hochwürden richtet sich auf und geht weiter. „Wie einen die Sinne täuschen können. Wahrscheinlich war es eine braune Feldmaus." Aber er geht nicht weit, bleibt stehen, quetscht mit dem Zeigefinger nachdenklich seine Nase und kehrt um, auf den Weg achtend. In der Tat, die Börse liegt wieder dort. Er bückt sich wieder, das Ding hüpft wieder fort und verschwindet im Maisfeld. Justl schaut nicht ins Maisfeld, er geht weiter. Zwischen den Maisstauden hat sich der Ernstl versteckt; seine Bubenseele trieft vor Glückseligkeit. Die Freude des Ernstls ist groß, denn er kann es noch gar nicht glauben, daß es ihm gelungen ist, den Pfarrer gleich zweimal hintereinander zu narren. Wenn es ihm noch ein drittes Mal gelingen würde, wäre er voll rehabilitiert dafür, daß ihn der Pfarrer heute in der Religionsstunde so gehunzt hat, nur weil er nicht gewußt hat, wann der Jesus gestorben ist. Halt, da kommt er schon wieder. Schnell die Börse hingeworfen und aufgepaßt. Justl kommt, die Börse fliegt geradezu weg, und der Pfarrer geht seelenruhig weiter. „Welch ein Tag!" denkt Ernstl, und er möchte quietschen vor Freude; aber er muß sich ganz still verhalten. Hochwürden hat natürlich längst den Braten gerochen; ja er hat sogar schon den Ernstl im Maisfeld erkannt, und sein Herz zittert vor Erinnerungsfreude an seine eigene Jugendzeit. Mit einem Gesicht wie das des wissenden Vollmonds tänzelt er auf die Börse zu und erwischt sie wieder nicht. Ernstl könnte aufbrüllen für die perfekte Revanche für die Religionsstunde und wird immer frecher. Einmal wird er es sicher

Foto: Defner

noch probieren. Achtung, er kommt schon! Der Pfarrer geht in die Knie und die Börse springt ruckartig weg.

„Herrlich!“ frohlockt Ernstl. Noch einmal, einmal noch. Dasselbe denkt der Justl. Sein Gesicht ist schon ganz rot vom oftmaligen Bücken. Längst hat er sein Brevierbuch ins Gras gelegt und widmet sich nur noch der Börse. Er kommt immer wieder, bückt sich mit kindlicher Freude, langsam genug, damit sie ihm entwischen kann. Ernstl kann nicht aufhören, er ist derart in Ekstase geraten, daß ihm nicht in den Sinn kommt, daß dies nicht mehr mit rechten Dingen zugehen kann. Aber auch der Justl mag kein Ende machen. Immer wieder macht er eine Wende – wie der Stier in der Arena, der den nächsten Gang aufnimmt, und immer wieder zieht es ihn zum Ort des Geschehens hin. Die Runden erfolgen in immer kürzeren Abständen und Ernstl kommt kaum noch nach, die Börse rechtzeitig hinzuwerfen. Ernstl vergißt in seinem Eifer, sich zu verstecken, und schließlich stehen sich beide mit hochgeröteten Gesichtern gegenüber. Hochwürden denkt im letzten Augenblick an seine Pädagogenrolle und erhebt strafend seine Rechte zu weit ausholendem Schlag.

Zwei ängstliche Nasenlöcher, gefüllt mit perlmutterfarbenen Glocken, starren ihm entgegen und es kostet ihn die größte Überwindung, nicht in laut schallendes Gelächter auszubrechen. Aber das darf er nicht. Er muß den Ernstl strafen. Während er die Rechte zum Schlag erhoben hält, denkt er inbrünstig:

„Lauf doch davon, Ernstl. Ernstl bitte lauf doch davon.“

Aber genau das kann der Ernstl nicht. Wie gelähmt steht er da und zittert wie die Maus vor der Schlange. Endlich löst sich der Krampf. Wie ein Tier, das es noch nicht fassen kann, daß es verschont wird, geht er erst nur zaghaft einige Schritte zurück und nimmt dann plötzlich voll Reißaus. Der Pfarrer hebt sein Brevierbuch auf, geht langsam weiter – und eine große Freude kommt in sein Herz.

Drei Eier

Albrecht und Adolfine, ein betagtes Ehepaar, lebt in großer Einfalt und Bescheidenheit am Rande des Dorfes. Die Kinder sind erwachsen und haben längst weggeheiratet. Herr Albrecht ist Besenbinder. Er übt auch jetzt im Alter noch seinen Beruf aus. Vielleicht mehr aus Gewohnheit als aus Erwerbsnotwendigkeit. Ein ganzes Leben lang mußten Albrecht und Adolfine gegen die Armut ankämpfen und jedes Geldstück lange betrachten, bevor sie es zögernd aus der Hand gaben. Dies hat sich so eingeprägt, daß sie auch jetzt, wo sie aus der Armut heraußen sind, sich keinerlei Luxus gönnen. Nicht das Geringste gönnen sie sich. Bei Adolfine hat sich durch lebenslanges Geschlossenhalten der Geldbörse jetzt im Alter auch ihr Mund herb und geizig gestaltet und dürr sind ihre Worte geworden. Bei Albrecht sind die Gelüste an das Leben noch nicht so versteinert; in seiner Seele glosen noch Wünsche. Vorerst ganz harmlose. Immerhin drängen sie in seinem Inneren wie der Dampf im Kessel, der das Ventil sucht. Eines Tages steht er von seinem Arbeitsschemel auf, tritt vor Adolfine und verkündet mit bebender Brust:

„Adolfine, ich möchte heute drei Eier auf einmal essen. Ich habe mein ganzes Leben noch nie drei Eier auf einmal bekommen. Wenn, dann immer nur eines. Wir können es uns jetzt leisten. Geh in die Küche und mache mir bitte drei Eier!“

Adolfine starrt ihren Mann an und bringt kein Wort hervor. Nach einer Weile und Überwindung des ersten Schocks stemmt sie die Hände in die Seiten, stellt sich vor die Küchentür und legt drohend los:

„Bist Du wahnsinnig geworden? Drei Eier auf einmal – das ist ja nicht nur verschwenderisch, das ist ja auch noch geradezu unchristlich, zumindest für uns anständige Menschen. Und überhaupt, habe ich schon einmal drei Eier auf einmal gegessen? Nein, es kommt überhaupt nicht in Frage!"

Adolfine ist bereit, ihre Küche, wenn es sein müßte, mit ihrem Leben zu verteidigen.

Resigniert kehrt Albrecht zu seinem Schemel zurück. Der erste, noch harmlose Wunsch, wird niedergekämpft. Während er wieder fleißig arbeitet, schwelt es in seiner Brust weiter. Nachdem ihm die drei Eier versagt bleiben, ist das leichte Glosen in ihm nicht ausgetreten, sondern erst recht angefacht worden. Plötzlich fährt dem Albrecht in den Sinn, daß er schon vierzig Jahre nicht mehr mit der Eisenbahn gefahren ist. Er sagt sich: „Mensch, ich mag doch nicht sterben, ohne noch einmal mit der Eisenbahn gefahren zu sein." Adolfine und Albrecht haben gemeinsame, aber daneben auch jeder noch getrennte Ersparnisse. Albrecht hat die seinen in einer alten Dose. Schnell greift er danach, schüttet das Geld in seinen Schurz und beginnt emsig zu zählen. „Ach, ich hätte gar nicht geglaubt, daß ich so viel habe." Er läßt die Münzen durch seine Finger gleiten. Das Herz wird ihm ganz jung, wenn er daran denkt, wie weit er mit diesem Geld mit der Eisenbahn fahren kann. Wenn schon, denn schon – sagt sich Albrecht.

Ich fahre nach Berlin. Stolz reckt er das Kinn und ist gerührt von der Größe dieses Gedankens. Ja, es ist fix, ich fahre nach Berlin. Ich werde am Kurfürstendamm promenieren und in einem vornehmen Restaurant drei Eier essen. Jawohl, das werde ich! Schnell wirft er den Schurz weg und geht ins Wirtshaus, um dort seinen Entschluß zu verkünden, denn das ganze Dorf darf es wissen, daß Albrecht, der Besenbinder, es sich leisten kann, nach Berlin zu fahren. Die Kunde, eine echte Sensation, überschwemmt das ganze Dorf, dringt in jedes Haus und jede Hütte. Alle wissen es, vom Kind bis zum Greis, nur Adolfine weiß nichts davon. Eines Tages erfährt sie es endlich doch. Albrecht ist gerade beim Einpacken für seine weite Reise. Da stürzt Adolfine händeringend ins Zimmer.

„Ist es wahr, Albrecht, was sich die Leute sagen, daß Du größenwahnsinnig geworden bist?"

„Von Größenwahn weiß ich nichts" – antwortet Albrecht kühl über die Schulter. „Ich weiß nur, daß ich nach Berlin fahre, ganz einfach nach Berlin."

Adolfine schimpft fürchterlich. Als sie sieht, daß dies auf Albrecht keinen Eindruck mehr macht, verlegt sie sich aufs Bitten, er möge diese Absicht fallen lassen. Sie spricht von tausend Gefahren, die mit einer solchen Reise verbunden sind. Aber es nützt alles nichts. Albrecht sagt würdevoll: „Selbst wenn ich möchte, kann ich meinen Entschluß nicht mehr rückgängig machen. Das ganze Dorf würde mich einen ehrlosen Aufschneider nennen. Diesen Schimpf könnte ich nicht ertragen. Du siehst, ich muß nach Berlin fahren; es gibt kein Zurück mehr."

Da geht Adolfine aus dem Zimmer. Tränen fließen über

ihre faltigen Wangen. Niemals, ein ganzes Leben nie hätte ich das geglaubt, daß mein guter Mann einmal ohne mich so etwas Großes tut. Albrecht, der, ebenfalls ein ganzes Leben lang, jede Gefühlsbewegung bei Adolfine wahrgenommen hat, sieht ihre Tränen nicht. Er sieht nur noch Berlin mit dem Lichterglanz des Kurfürstendammes. Morgen früh geht sein Zug. Schon am Abend wird er die riesige Stadt erleben. Seine Wangen glühen.

Nächsten Tages, früh am Morgen verläßt Albrecht das Haus. In jeder Hand einen Koffer und heftig an der Pfeife paffend geht er am Bahnkörper entlang und strebt der Station zu. Mutterseelenallein steht nun Albrecht bei der Haltestelle neben dem Gleis und wartet. Keine Leute kommen. Kein Zug kommt. Eine alte, rußige Katze springt über die Gleise. Albrecht starrt auf die braunen Steine zwischen den Schwellen. Ungeduld erfaßt ihn. Schließlich klopft er an die Tür des Bahnwärterhäuschens. Nach langen Erklärungen erfährt er, daß dies nur noch eine Zubringerstrecke ist und der nächste Zug zum größeren Bahnhof erst morgen um 10 Uhr vormittags hier anhält. Albrecht hat aus seinem Fahrplan alles anders herausgelesen. Es bleibt ihm nichts anderes übrig, als wieder nach Hause zu gehen und morgen vormittag wieder zu kommen. Deprimiert tritt Albrecht den Heimweg an. Wie schwer diese Koffer jetzt sind.

Adolfine ist, nachdem Albrecht das Haus verlassen hat, durch alle Räume gegangen und hat über vieles nachgedacht. Jetzt steht sie vor dem Spiegel und betrachtet sich lange. Schließlich beginnt sie, sich zu kämmen, probiert verschiedene Frisuren aus und denkt dabei – auch graues

Haar kann schön sein. Darauf geht sie in die Küche mit dem Vorsatz, sich drei Eier herzurichten. Ja, das tut sie jetzt. Sie hat die drei Eier schon in ein Gefäß geschlagen, da erblickt sie durch das Küchenfenster Albrecht mit den schweren Koffern. Ein Schreck fährt ihr durch alle Glieder. Was ist los? Hat er den Zug versäumt? Um Gottes willen, wenn er die aufgeschlagenen Eier sieht; wie stehe ich da? Aber Adolfine wäre ja keine Evastochter, fände sie keinen Ausweg. Freudig eilt sie zur Haustür, öffnet sie weit und sagt:

„Ich habe Dich schon von weitem gesehen, lieber Albrecht, und mir gedacht, da muß mit dem Zug etwas nicht in Ordnung sein. Ärgere Dich nicht, Albrecht, komm herein. Schau, als Stärkung und zur Bewältigung Deines Verdrusses bin ich eben dabei, Dir als kleine Freude drei Eier herzurichten."

Albrecht ist überwältigt. Er setzt sich zu Tisch und schnauft sich erst einmal gründlich aus. Dann streckt er seine Füße von sich. Adolfine hat ihm die Pantoffel gebracht wie einst vor vielen, vielen Jahren. Dann kommen die Eier auf den Tisch. Adolfine muß gleich wieder in die Küche, denn Albrecht besteht darauf, daß auch sie sich drei Eier gönnen soll. Schmunzelnd schlägt sie nun noch drei Eier auf. Nachdem sich die beiden richtig sattgegessen haben, flüstert Albrecht seiner Frau ins Ohr:

„Pack die Sachen wieder aus; ich pfeife auf Berlin!"

Emsig befolgt Adolfine diese Weisung. Alsdann begibt sich Albrecht an seinen Arbeitsschemel und bindet wieder Besen – den ganzen lieben Tag.

Die Litanei

Fritzchen ist ein braver Junge. Er macht seine Schulaufgaben zur Zufriedenheit des Lehrers und seiner Eltern. Trotzdem hat er es faustdick hinter den Ohren. Besonders, wenn er sonntags in der Kirchenbank sitzt und seine Gedanken die absurdesten Sprünge machen. Seine Augen tasten dann alle Heiligenfiguren ab, und manchmal kommt es ihm vor, als ob ihm die Heiligen recht menschlich und aufmunternd zuzwinkerten. Auch bei den wohlgenährten, verschmitzt lächelnden Barockengelchen glaubt Fritzchen, sie voll auf seiner Seite zu haben.

Eines Tages wird in der Kirche eine große Litanei gebetet. Pfarrer Justl steht wie ein Fels auf der Kanzel und betet vor. Die Pfarrgemeinde antwortet nach jeder Heiligenanrufung mit einem monotonen „bitte für uns". Für Fritzchen ist die Litanei so einschläfernd, daß er sich nur mit größter Mühe und gewaltsamen Aufspreitzen seiner Augen wachhalten kann. Plötzlich bemerkt er, daß sich am Gesimse, oberhalb der Kanzel, der schwarze Kater des Pfarrers entlangschleicht. Sofort hellen sich die Gesichtszüge des Buben auf, und Fritzchen hofft insgeheim, daß der Kater jetzt irgendwas anstelle. Schon ist das Tier oberhalb der Schulter von Pfarrer Justl.

„Wenn er ihm doch auf den Buckel springen würde. Mein Gott, wäre das ein Vergnügen." Oder, Fritzchen wird in seinem Wunschdenken immer unbescheidener: „Das Schönste wäre, wenn der Kater dem Pfarrer auf das Litaneibuch springen tät und die Seiten zerfetzen würde; wäre das eine Gaudi."

Fritzchen beginnt jetzt, eifrig mitzubeten, und in der Folge gestaltet sich für den Lausbuben die Litanie so: Wenn der Pfarrer Justl den Heiligen angerufen hat, dann sagt Fritzchen nicht das übliche „bitte für uns", sondern „bitte laß den Kater das Buch zerfetzen." Die Litanei ist voll im Gange: Heiliger Georg – bitte für uns. Bitte laß den Kater das Buch zerfetzen. Heiliger Leonhard – bitte für uns. Bitte laß den Kater das Buch zerfetzen. Und so fort. Fritzchens Bitten werden immer flehentlicher. Der Bub glüht vor Spannung. Ob ihn die Heiligen erhören würden? Er verspricht dem lieben Gott, sein ganzes Leben ein guter Christ zu sein, wenn nur der Kater jetzt endlich springen würde. Nach der Anrufung des heiligen Franziskus duckt sich der schwarze Kater – er ist sprungbereit. Fritzchen kann nicht mehr sitzen. Er steht aufrecht in der Bank. Seine vor Aufregung schweißtriefenden Hände umklammern die geschnitzten Schnörkel des Kirchenstuhls, und seine Gedanken schreien zur Kanzel hinauf: „Spring, spring endlich!" Und da geschieht das Wunder. Der Kater springt, Justl will gerade umblättern, mitten auf das Litaneibuch und zerfetzt die Seiten. Der Pfarrer weicht entsetzt zurück, denn er glaubt im ersten Augenblick, den Leibhaftigen vor sich zu haben. Erst nach den ersten Schrecksekunden erkennt er seinen Kater, und Hochwürden schiebt das Tier erbost zur Seite. Aber in der Kirche geht es drunter und drüber. Die Leute können sich vor Lachen nicht mehr halten, denn so etwas hat es noch nie gegeben.

Besonders freut sich Fritzchen, daß ihn der gute, heilige Franziskus nicht im Stich gelassen hat, und sein Glaube an Gott und die Heiligen bleibt für die Zeit seines Lebens fest verankert.

Donnerwetter Parapluie

Im Dorf gibt es einen pensionierten Schulmeister, der die Gewohnheit hat, bei jeder Gelegenheit, egal, ob es sich um etwas Gutes oder Schlechtes handelt, den Ausspruch „Donnerwetter Parapluie, das überrascht mich“ zu tätigen. Deshalb nennen ihn alle „Donnerwetter Parapluie“. Er sammelt die Neuigkeiten, bauscht sie auf und trägt sie weiter. Wenn man ihm zum Beispiel sagt:

„Die Buben haben beim Großpointner mit einem Schneeball ein Fenster eingeschlagen“, so sagt er zuerst einmal:

„Donnerwetter Parapluie, das überrascht mich“.

Dann notiert er sich den Fall in seinem Notizbuch, das er stets bei sich führt, und den nächsten Tag geht bereits das Gerücht um:

„Eine Lawine hat das Großpointnerhaus verschüttet.“

Herr „Donnerwetter Parapluie“ ist für jede Mitteilung dankbar und seine Neugierde kennt keine Grenzen. Die Buben treiben stets Schabernack mit ihm. Eines Tages raunen sie ihm zu:

„Beim Fenster der Pfarrersköchin lehnt eine Leiter.“

Erschrocken fährt er zusammen.

„Donnerwetter Parapluie, das überrascht mich“, sagt er, und notiert sich sofort den Fall.

Den nächsten Tag heißt es im Dorf:

„Die Pfarrersköchin hat einen Liebhaber."

In Wirklichkeit ist die Köchin nur beim Ernten des Spalierobstes. Ein andermal wird ihm zugetragen, daß die Katze vom Stöger fünf Kätzchen zur Welt gebracht hat und daß der alte Stöger alle, bis auf eines, ertränken will. Nachdem der gute Schulmeister ganz entsetzt „Donnerwetter Parapluie, das überrascht mich" gesagt hat, zieht er sofort sein Notizbuch und notiert sich den Fall. Tagsdarauf heißt es im Dorf:

„Beim Stöger haben drei Katzen gleichzeitig Junge bekommen und insgesamt sind an die zwanzig junge Katzen dem Ertrinkungstod ausgesetzt, wenn nicht sofort etwas geschieht."

Als er einmal irgendwo die Kunde vom Ausbrechen eines Häftlings aufgefangen hatte, verbreitete er sofort die Schreckensnachricht, daß alle Insassen dieses Gefangenenhauses entkommen seien und sich im bewaffneten Zustand dem Dorfe näherten. Es sei geraten, die Häuser nicht zu verlassen. So geht das dahin und „Donnerwetter Parapluie" ist immer überrascht und stets beschäftigt, seine Kommentare abzugeben. Ob dieser Tätigkeit vergißt er ganz, alt zu werden, Wehwehchen zu haben, oder gar zu sterben. Die Landschaften seiner phantastischen Vorstellungen blühen in ewigem Frühling. Sieht er einen Uniformierten, und sei es auch nur der Briefträger, so glaubt er schon an Generalmobilmachung. Aber seine erste Reaktion ist immer: „Donnerwetter Parapluie, das überrascht mich".

Eines Tages sitzen die Lausbuben des Dorfes zu einer großen Beratung beisammen. Es geht darum, ob es möglich ist, eine Mitteilung zu formulieren, worauf der gute, alte Schulmeister nicht „Donnerwetter Parapluie, das überrascht mich“ sagt. Endlich haben sich die Buben in ihrer großen Weisheit etwas ganz besonders Schlaues ausgedacht. Sie streiten untereinander, wer es ihm mitteilen darf. Schließlich wird ausgelost, aber sie kommen wieder ins Streiten, denn jeder will es ihm sagen und die Wirkung erleben. Letztlich gehen sie alle mitsammen zu ihm, reden aufgeregt durcheinander und teilen ihm mit, daß sie erstaunt sind, ihn lebendig zu sehen, wo doch das ganze Dorf davon spricht, daß er gestorben sei. Der Schulmeister sagt, wie immer:

„Donnerwetter Parapluie, das überrascht mich“, zieht sein Notizbuch und fragt: „Wann ist mein Begräbnis? Da muß ich unbedingt dabei sein.“

Wie die Lausbuben seine unbefangenen, fragenden Augen sehen, erfaßt sie ein großer Schreck und sie laufen Hals über Kopf davon.

Den nächsten Tag findet man an der Friedhofsmauer ein Plakat mit folgender Kundmachung: „Alle Leute wissen, daß ich gestorben bin und der Zeitpunkt meines Begräbnisses ist festgesetzt. Ich lade alle ein zu kommen und werde selbst auch pünktlich erscheinen. Anschließend gibt es ein gemütliches Beisammensein im Gasthaus ‚Zum silbernen Kranz‘ bei Tellerfleisch und Kaisersemmeln, wobei ich alles bezahle. Donnerwetter Parapluie.“

Der Breviergang

Pfarrer Justl steht an der Schwelle des Alterns, aber er ist immer noch ein stattlicher Mann. Neben seiner Kindlichkeit und Einfalt ist er jedoch ein sehr eitler Herr. Da man ihn jedoch von Kind auf kennt, weiß man um seinen guten Kern und läßt deshalb nichts über ihn kommen. Er ist im Dorf „der Justl". Ist er zugegen, ist er respektvoll „der Hochwürden". Nun, Pfarrer Justl geht in seinem Arbeitszimmer auf und ab; wie immer, wenn er Gedanken zu verarbeiten hat. Vor dem Spiegel denkt er wehmütig zurück an seine Studienzeit in Rom. Wäre er doch geblieben. Bestimmt wäre er jetzt eine Exzellenz, oder gar, ein Schauer geht über ihn, eine Eminenz. Der Purpur könnte ihn kleiden – er dreht den Kopf leicht zur Seite. Aber nein, zurück hat er müssen, weil ihn das Heimweh so plagte. Schließlich hat er es aber auch daheim zu etwas gebracht. Vor kurzem wurde er zum Monsignore ernannt. Der Bischof selbst hat ihm bei der letzten Visite das päpstliche Schreiben überreicht. Am glücklichsten ist Hochwürden, wenn er auf der Kanzel steht und in wohlgesetzten Worten zu seiner Pfarrgemeinde predigt und seine Schäflein vor Ehrfurcht und mit großen Augen zu ihm aufschauen. In der Tat ist Justl der beste Prediger der ganzen Gegend. Hochwürden bleibt wieder vor dem Spiegel stehen. Er beschließt, sich für den Breviergang zurecht zu machen. Die Breviergänge sind seine großen Auftritte. Das tägliche Brevierbeten verbindet er meist mit einem Rundgang durchs Dorf, über den Anger und über die Felder. Bei diesen Gängen schreitet er gemessenen Schrittes und seine Lippen bewegen sich feierlich. Dargebrachte Grüße erwidert er stumm nickend. Jetzt hat Justl seine Rasur beendet, blickt sich im Spiegel in die Augen und lächelt. Wenn er bei der Frau Bürgermeister vorbeikommt, wird sie sicher sagen: „Schön haben Sie wieder gepredigt, Herr Pfarrer!“ Die Gedanken noch bei der Frau Bürgermeister, reibt er tüchtig Pomade in sein volles Haar. Dann wählt er ein besonders schönes Gebetbuch aus. Das mit dem Goldschnitt und den flatternden, safrangelben, roten und violetten Lesezeichenbändern.

Nun geht er die Dorfstraße hinunter, von allen Seiten freundlich gegrüßt und huldvoll dankend. Aufgeräumt geht er weiter, und wie es kommt, direkt in die Gaststube des „Silbernen Kranzes“ hinein. Ein Schnaps ist schnell bestellt und noch schneller hinter die Binde gegossen. Justl schüttelt sich ab; erholt sich aber erstaunlich schnell und gießt einen zweiten nach. Dann schneuzt er sich ordentlich und bestellt mit einer Unschuldsmiene einen Schnaps, so, als ob es der erste wäre. Dann ist er wieder draußen und setzt seinen Breviergang fort. Da sieht er schon von weitem die Bürgermeisterin in ihrem Garten. Hochwürden beschleunigt seine Schritte, denn sicher wird sie seine Predigt loben, und das ist für ihn Tafelöl. Wohl fürchtet er aber auch ihre spitze Zunge und ist stets auf der Hut vor ihr. Es hat schon so manchen Schlagabtausch mit ihr gegeben. Aber so wie es der Falter nicht lassen kann, immer wieder ins Licht zu torkeln, so reizt es auch den Pfarrer Justl, sich bei jeder Gelegenheit mit der Frau des

Bürgermeisters zu messen. So eilt er denn auf sie zu, verlangsamt im Näherkommen seine Schritte und steht schließlich, milde lächelnd, vor der Frau des Ortsvorstehers.

„Grüß Gott, Herr Pfarrer. Schönes Wetter heute. Fast so schön wie Ihre Predigt heute morgen", sagt diese voller Demut.

Justl saugt die Worte auf; seine Augen werden klein und vergnügt.

„Ja, hat sie Ihnen gefallen, Frau Bürgermeister? Worüber habe ich denn gepredigt?"

„Na, vom Teufel haben Sie doch so schön gepredigt!"

„Was, vom Teufel?"

„Ja, vor dem Teufel Alkohol haben sie uns gewarnt. Und dann haben Sie noch gesagt, daß der Teufel den Schnaps gemacht hat."

Ihre Blicke schweifen unmißverständlich die Dorfstraße hinauf zum Gasthaus „Zum silbernen Kranz", wo sie den Pfarrer Justl gerade herauskommen gesehen hat. Hochwürden denkt an die drei Schnäpse und erkennt blitzartig, daß er in der Tinte sitzt. Aber der Hieb kam so überraschend, daß er nicht fähig ist, zu parieren. Hilflos steht er in seinem blütenweißen Chorhemd wie ein übergroßer Ministrant vor der Frau Bürgermeister und beißt sich auf die Lippen. Diese stemmt die Arme in die Hüften, wippt ganz nahe zu ihm heran, lacht ihm voll ins Gesicht und flüstert ihm mit dem unschuldigsten Mund der Welt zu:

„1:0, Justl!"

Der Pfarrer klappt das Gebetbuch zu, grüßt kurz und verläßt im Eilschritt die Kampfstätte. Es ärgert ihn, daß er sich extra wegen diesem Satansbraten soviel Pomade ins Haar geschmiert hat. Aber da der gute Pfarrer Justl im Grunde genommen ein sonniges Gemüt hat und er sich den schönen Tag nicht verderben lassen will, ist sein Unmut bald wieder verflogen.

Jedoch das eine schwört er sich bei seiner Mannesehre:

„Dieses Weib bekommt noch ihren Lohn – vielleicht schon morgen, beim nächsten Breviergang!“

Foto: Defner

Hannes und seine Verrücktheit

Hannes ist ein braver, aber außergewöhnlich einfältiger Mann. Als Holzknecht arbeitet er den ganzen Tag im Wald. Mit Axt und Säge kann er umgehen wie kein anderer, und bei seinen Kameraden ist er überaus beliebt. Eigentlich gibt es sonst nichts Nennenswertes über ihn zu berichten als vielleicht das eine, daß sein Respekt vor der Obrigkeit und vor den Gebildeten so groß ist, daß dies für einen normal denkenden Menschen schon an Dummheit grenzt. Begegnet Hannes dem Pfarrer Justl, nimmt er schon von weitem den Hut ab. Mit dem Bürgermeister traut er sich nur zu sprechen, wenn dieser an ihn das Wort richtet. In der Kirche ist seine Demut so groß, daß er mit seinem Gesäß den Platz auf der Kirchenbank nur halb einnimmt und seine fest gefalteten Hände nur beim Umblättern im Gebetbuch jeweils kurz löst. Zudem glaubt er alles, was geschrieben steht. Sei es nun der Inhalt der Zeitung oder sonst was Gedrucktes. Deshalb steht auch der Briefträger, der Überbringer verschiedenster Schriften, bei ihm hoch im Ansehen und er freut sich, wenn diese wichtige Person mit ihm ein paar Worte redet. Aber die größte Achtung hat Hannes vor dem Doktor Knapp. Glatt kann dieser einen kranken Menschen wieder gesund machen, so gescheit ist der, der knappe Knapp, wie ihn jeder im Dorf nennt, weil dieser aus Zeitmangel immer kurz angebunden ist. Für Hannes ist der Knapp die größte Respektsperson, und es würde ihm nie einfallen, den Herrn Doktor eventuell nur wegen einer Grippe oder wegen eines Fingers, der in die Säge gekommen ist, zu belästigen. Die Leute im Dorf sagen: „Beim Hannes stimmt es im oberen Stockwerk nicht." In der Tat ist sein Verhalten oft so komisch, daß man um seinen Geisteszustand ernsthaft bangen muß. „Der spinnt ja schon komplett", meinen die einen, während andere sagen: „Der Hannes gehört in die Stadt zur Behandlung; man muß sich ja schon fürchten vor ihm." Schließlich setzen die Leute dem armen, einfältigen Hannes derart zu, daß dieser mit seinem einfachen Kopf bald nicht mehr ein und aus weiß und tatsächlich wirres Zeug zu sprechen beginnt. Tiefe Schwermut befällt ihn und schließlich freut ihn das Leben nicht mehr. Hängenden Kopfes geht er herum und ist traurig wie die Weide am Bach. „Geh in die Stadt und laß Dich behandeln", hört er dreimal am Tag – „wir wollen keinen Spinner im Dorf."

Eines Tages rafft sich Hannes auf und läutet ängstlich beim Doktorhaus. Doktor Knapp öffnet selbst mit eigener Hand das Tor und mit dem eigenen Munde, nicht etwa durch die Haushälterin, spricht er zu Hannes: „Hannes, Du? Was willst Du? Holz habe ich für dieses Jahr genug."

„Es ist nicht wegen des Holzes, Herr Doktor. Die Leute fürchten sich vor mir und sagen – ich spinne – und gehöre in der Stadt behandelt. Und wirklich, Herr Doktor, seit es die Leute sagen, glaube ich selbst, daß ich verrückt bin. Es wird sicher so sein, denn der Herr Bürgermeister hat auch ähnliches gesprochen über meinen Fall. Der Briefträger weicht mir aus. Der Parrer Justl schaut, wenn er auf der

Kanzel steht, gar nicht mehr zu mir her. Früher hat er das getan und dabei manchmal sogar gelächelt. Jetzt nie. Aber in der Stadt lasse ich mich nicht behandeln gegen das Spinnen. Sie, Herr Doktor, können das viel besser. Sie kennen mich von Kind auf und geben mir ganz sicher die richtige Medizin und dann wird mich das Leben wieder freuen."

Der Doktor Knapp ist gerührt; wahrhaftig, er ist gerührt. Er redet dem Hannes gut zu und gibt ihm eine Schachtel mit runden, weißen Kügelchen mit.

„Drei am Tag. Hannes!"

Zwei Tage später kommt der Doktor Knapp dahinter, daß er dem guten Hannes irrtümlich ein starkes Abführmittel mitgegeben hat. Besorgt fährt er in den Wald hinaus und sucht Hannes. Dieser kommt ihm fröhlich und lebenslustig mit der Axt entgegen:

„Herr Doktor, ich habe es gewußt, daß Sie einen Kranken auf der Stelle gesund machen können. Meine Traurigkeit ist weg, alles ist froh und hell um mich. Die Leute fürchten mich auch nicht mehr, denn ich habe es ihnen gesagt, daß ich beim Doktor war."

Noch nie hat Hannes so viel und so frei mit einer Respektsperson gesprochen. Er ist glücklich.

„Und hast Du durch die Kügelchen irgendwelche Nebenwirkungen gehabt, Hannes?" – fragt der Doktor Knapp vorsichtig.

„Nein, eigentlich nicht, Herr Doktor. Nur ein bißchen Durchfall habe ich bekommen. Aber das stört ja nicht, hier, heraußen im Wald."

Jawohl

Der Ferdl mit dem Holzfuß und der großen Glatze sitzt im Gasthaus „Zum silbernen Kranz“ und paßt auf alles auf. Ob die dralle Rosl christlich gerecht das Bierglas füllt und nicht etwa das Gebräu sich unter dem Strich einpendelt nach Vergehen des Schaumes. Darauf, ob ihr Mieder straff genug angezogen ist.

„Jawohl“, sagt der Ferdl.

Er respektiert die aufquellende Brust der Rosl.

„Jawohl“, sagt der Ferdl außerdem jedesmal, wenn er dem Krug zugesprochen hat und ihn schmetternd auf den Tisch zurückstellt. Dann sinniert er vor sich hin. Außer von Zeit zu Zeit „jawohl“ spricht er kein Wort. Der Flickschuster Matthias beobachtet ihn schon eine ganze Weile. Schließlich fährt er den Ferdl unwirsch an:

„Verdammt nochmal, warum sagst Du immer ohne Grund ‚jawohl‘?“

Der Ferdl mit dem Holzfuß und der großen Glatze schaut erstaunt auf:

„Wer sagt Dir, Du Sohlenklopfer, daß ich mir nichts dabei denke? Jeder Schluck, den ich trinke, wird erst von mir selbst bewilligt. Von mir, von meinem eigenen Inneren, jawohl. Nur dann darf man trinken, wenn man es sich selbst erlaubt. Oder trinkst Du etwa nur mit dem Maul? Ohne Hirn und Gedanken? Da wirst Du aber bald tot sein, denn dem Maul darf man nicht trauen. Das will Süßes und Saures, Trockenes und Nasses und alles in ungeheuren Mengen, denkt nur an sich und nicht daran, ob Kopf und Magen es vertragen können, jawohl."

Matthias hört lange zu, aber schließlich ist ihm die Philosophie des Ferdls zuviel. Er fährt ihn aufs neue an:

„Du Schwachkopf, Du Quasselente. Wer sagt Dir, daß mein Maul nicht gescheiter ist als Dein Kopf, aus dem immer ‚jawohl' kommt? Was ist, wenn Dein Kopf Falsches bewilligt? Dein Mund plappert ‚jawohl', vermeintlich vom Hirn befohlen, und schon ergreifst Du den Krug und denkst, Du hast keine Schuld, weil Dein Geist es erlaubt. Anders ist es bei mir. Ich horche nicht auf den Geist, denn Geister sind zu gescheit und deshalb verdorben. Ich horche auf den Körper. Der Körper weiß viel mehr. Er hat Erfahrung. Der Körper ißt und trinkt, schwitzt, atmet, schläft. Alles kann der Körper von selbst. Deshalb vertraue ich ihm. Mehr, als Du es auf Deinen Kopf, Deinen Geist, tun solltest. Geist, den man nicht sieht, nicht greifen kann und rein gar nichts; wo man nur glaubt, daß er vorhanden ist."

„Jeder weiß das seine", sagt der Ferdl eingeschnappt, und, aber nur unlustig, setzt er den Krug an seine Lippen und das „jawohl" kommt nur zögernd nach.

„Ich weiß", sagt der Matthias, „es ist nicht schön, Ferdl, wenn sich die Geister scheiden, aber noch unschöner ist es, wenn sich der Geist vom Körper scheidet."

„So ist es aber", erwidert der Ferdl, „obwohl sie zusammen gehörten, sind sie getrennt. Das wird sich nicht ändern, solange die Welt besteht. Deshalb vertraue Du auf Dein Maul und ich auf meinen Kopf."

Dann sagt der Ferdl mit dem Holzfuß und der großen Glatze lange nichts. Auch der Matthias hat sich wieder einigermaßen beruhigt. Nach einer Weile dreht sich der Ferdl zum Matthias hinüber und sagt ganz leise: „Jaja, Matthias. Beide, sowohl Dein Maul als auch mein Kopf, haben auf ihre Weise recht. Warum müssen wir auch immer dreinreden?“

Die Paulas

Chrysostomos Pfleghar und seine Frau Paula wohnen in ihrem kleinen Häuschen, etliche Steinwürfe vom Dorf entfernt, hinter den Schlehdornbüschen, wie auf einer einsamen Insel. Durch die räumliche Abgeschiedenheit von der Dorfgemeinschaft und durch den Umstand, daß sie dadurch nicht jedes geringste Geschehen im Dorfe gleich wahrnehmen können, hat sich ihr Wesen im Laufe der Jahre anders geprägt als bei den Dörflern. Sie sind nicht besser und nicht schlechter als jene, aber sie sind anders. Sie unterscheiden sich. Die Dörfler sind die „Drinneren". Chrysostomos Pfleghar und seine Frau sind die „Draußeren". Die Pfleghars haben erwachsene Kinder, die schon in alle Himmelsrichtungen verheiratet sind. Dadurch ist es bei den „Draußeren" noch stiller und einsamer geworden. Weil die Dörfler den Namen Chrysostomos schwer aussprechen können und ohnehin immer irrtümlich Christophorus sagen, der Name seiner Frau Paula hingegen leicht und flüssig über die Lippen fließt, nennen sie ihn einfach den Herrn Paula. Die „Draußeren" heißen daher seit langem nur noch Herr und Frau Paula. Von Pfleghar ist überhaupt keine Rede mehr. Zum Verdruß von Herrn Pfleghar, zur inneren Genugtuung Frau Pfleghars. Dem patriarchalischen Herrn Chrysostomos Pfleghar wird vom Volksmund unbewußt eines ausgewischt. Er muß den Vornamen seiner Frau als Hauptnamen annehmen und kann sich nicht dagegen helfen. So eine Herabsetzung, einfach nur Herr Paula genannt zu werden. Dabei war er früher einmal der Herr Schiffszimmermeister Chrysostomos Pfleghar auf Lussin grande und Lussin piccolo, und die Leute zogen dort vor ihm den Hut und sprachen geflissentlich vom Wetter. Nein so was, und jetzt ist er einfach nur der Herr Paula. Aber es ist schon so, in der Heimat ist es schwer, etwas zu gelten und gebührend geachtet zu werden. Nun gut, so ist er halt der Herr Paula; er kann es sowieso nicht ändern. Dafür verlangt er von seiner Frau von Tag zu Tag mehr Respekt. Frau Paula muß es letztlich büßen. Die anfängliche Schadenfreude hat keinen Duft mehr und weicht mit der Zeit, da Herr Paula zu Hause immer herrischer wird, einer wachsenden Verbitterung. Sein Geltungsdrang nimmt ständig zu. Wenn sie zusammen ins Dorf gehen, muß die Frau in hierarchischer Ordnung drei Schritte hinter ihm gehen, um bei den „Drinneren" keinen Zweifel aufkommen zu lassen, wer bei den Pfleghars den Vorrang hat. Gehen zwei Leute hintereinander, wissen die Dörfler schon von weitem, daß die Paulas unterwegs sind. Die beiden können nirgendwo mehr hingehen, ohne daß man nicht im weiten Umkreis sofort weiß, daß sie es sind, die da gehen. Das freut den Herrn Paula; ärgert aber Frau Paula. Aber ansonsten ist Herr Paula zu seiner Frau ein guter Mann. Außer seinem Vorrangsbewußtsein könnte man ihm keine Untugend vorwerfen, unter der seine Frau zu leiden hätte. Er arbeitet fleißig in seiner Zimmermannswerkstätte, meidet die Wirtshäuser und ist nicht knauserig, wenn Frau Paula Verlangen nach einem neuen Hut oder einem neuen Kleid hat. Im Gegenteil, in solchen Fällen redet er ihr sogar zu, das Geld nicht anzuschauen, um den „Drinneren“ zu zeigen, daß die „Draußeren“ auch wer sind.

Eines Tages kommen sie von einem solchen Einkauf aus dem Dorfe. Frau Paula hat ein wunderschönes, neues Kleid bekommen, hat sich eine dazupassende Mozartmasche ins Haar stecken lassen und trippelt hinter ihrem Manne her. Das ganze Dorf schaut den beiden nach. Herr Paula ist mächtig stolz auf seine Frau, zieht heftig an seiner Pfeife, stößt eine Kette von Rauchwolken in die Luft wie ein abfahrender Expreßzug und dreht sich immer wieder nach ihr um, wie ein verliebter Gymnasiast sich in der Schulbank umdreht, um seiner Angebeteten zuzuzwinkern. Schließlich heißt er sie sogar, voranzugehen. Frau Paula tut dies und vergißt nicht, dabei gehörig die Hüften zu drehen. Herr Paula ist entzückt. Was schert ihn jetzt die Meinung der „Drinneren“. Er freut sich wie ein Lausejunge. Herr Paula kommt zur Überzeugung, daß es wohl richtig war, immer hintereinander gegangen zu sein; – aber die Reihenfolge war falsch. Er kann es gar nicht mehr erwarten, daß sie ihr Häuschen erreichen, wo sie allein die „Draußeren“ sein können.

Der Expreßbrief

Der Ferdl mit dem Holzfuß und mit der großen Glatze sitzt auf seiner Hausbank mitten in der prallen Sonne und schwitzt fürchterlich. Kleine Bäche salzigen Schweißes rinnen ihm dauernd in den Falten seines gewaltigen Nackens zusammen. Dabei schnaubt er wie ein Walroß, daß einem der Schrecken kommen könnte. Mit rollenden Augen beobachtet er den ganzen Dorfplatz. Ferdl ist wütend. Wütend, weil er seit einiger Zeit in dem Wahn lebt, daß er zu wenig beachtet wird. Ihm, dem Kriegsversehrten und Heimatverteidiger müßte man eigentlich mehr Achtung zollen. Jawohl. Heute paßt er ganz genau auf, wie es mit dem Grüßen ist. Ferdl muß feststellen, daß die Leute, wenn überhaupt, ihn nur sehr flüchtig grüßen. Ihn, der an der Front war. Wenn es auch schon dreißig Jahre her ist. „Servus Ferdl", hat soeben ganz oberflächlich der Pfarrer Justl zu ihm gesagt und gleichzeitig dem Doktor Knapp die Hand hingestreckt und die Erwiderung des Ferdls gar nicht richtig abgewartet. „Da, schon wieder! Die Mesnerin, diese Kröte, hat doch soeben beim Küchenfenster herausgeschaut und ihn überhaupt nicht gesehen. Es ist zum Verzweifeln, daß man als Vaterlandsverteidiger so wenig beachtet wird. Da fällt mir gerade ein, daß der Briefträger, dieser Hammel auch schon vorbeigegangen ist heute und mich nicht gegrüßt hat. Dieser Lümmel, dieser Wichtigtuer. Der glaubt, weil ich selten Post bekomme, bin ich nicht wichtig für ihn.

Außerdem bildet er sich soviel ein, weil er uniformiert ist. Was ist das schon, eine Briefträgeruniform? Ich habe eine Kriegsuniform getragen, jawohl, mit einer Menge Abzeichen darauf und mein Stahlhelm war verbeult, wie sich das bei einem richtigen Soldaten gehört, jawohl. Obergefreiter war ich und wäre sicher noch weiter aufgestiegen, wenn mich die Kugel nicht getroffen hätte an der vordersten Front, versteht sich, jawohl. Und jetzt bildet sich so ein Grünschnabel von einem Briefträger ein, mich übersehen zu dürfen. Na warte nur, ich werde es Dir zeigen, Du Lümmel, Du!" Der Ferdl ist in furchtbare Erregung geraten und der Schweiß fließt ihm in glitzernden Strömen seinen ganzen Körper herunter. Sein Gesäß ist naß wie nach einem Sitzbad nach Pfarrer Kneipp. Dann humpelt er ins Haus und stößt mit seinem Holzfuß unnötig hart auf. Von drinnen hört man seine zornige Stimme weiterpoltern:

„Na warte nur, na warte nur, mich nicht grüßen!"

Eine Stunde später kommt der Ferdl wieder heraus. Er hat seinen Feiertagsrock angezogen, sich säuberlich rasiert und schaut ganz respektierlich aus. Erhobenen Hauptes fordert er den langen Johann auf, ihn mit dem Einspänner sofort in die Stadt zu fahren. Dabei läßt er ein schönes, schweres Silberstück in die immer leere Hand des langen Johann hinübergleiten. Im Wagen nörgelt der Ferdl weiter:

„Das Aufstoßen könnte einem kommen bei unserem Briefträger. Wie er einem zögernd langsam und gnädig einen Brief übergibt und dabei gleichzeitig wichtigtuerisch ein weiteres Bündel Briefe in Händen hält und die Adressen studiert, dieser Lümmel, der nie im Krieg war und keine Ahnung von Disziplin hat, jawohl. Aber ich werde es ihm zeigen."

In der Stadt angekommen, heißt er den Johann zu warten. Dann geht er beim Haus des Notars auffällig hin und her und achtet darauf, daß die Schulkinder ihn sehen. Anschließend ist er noch eine Weile am Postamt. Bald danach läßt sich der Ferdl mit dem Holzfuß und mit der großen Glatze wieder heimfahren.

Nächsten Tag ist der Briefträger ganz erstaunt. Er hat einen Expreßbrief für den Ferdl. Er hält ihn gegen das Licht. Man kann nichts entziffern. Kein Absender. Wer kann dem Ferdl einen Expreßbrief geschrieben haben? Von den Schulkindern erfährt der Briefträger, daß der Ferdl in der Stadt war und beim Haus des Notars gesehen wurde. Der Briefträger pfeift durch die Zähne und er schreitet rasch aus, um dem Ferdl den Expreßbrief gleich zu bringen. Seine Neugierde ist kaum zu zügeln. Sehr freundlich grüßt er den Ferdl und übergibt ihm dienstlich einwandfrei den Expreßbrief – und wartet. Der Ferdl ist ebenfalls sehr höflich; legt aber den Brief weg.

„Machst Du ihn nicht auf, Ferdl? Es ist doch ein Expreßbrief."

„Ich war im Krieg und kann mich beherrschen", sagt der Ferdl.

„Aber es könnte doch von einer Erbschaft zum Beispiel etwas drinnen stehen", beharrt der Briefträger.

„Das könnte sein", sagt der Ferdl. „Aber trotzdem warte ich noch mit dem Öffnen. Schließlich bekomme ich nicht jeden Tag einen Expreßbrief und deshalb reiße ich ihn auch nicht so stürmisch auf."

Dem Briefträger bleibt nichts anderes übrig, als wieder zu gehen. Im Nu weiß das ganze Dorf, daß der Ferdl heute einen Expreßbrief bekommen hat und daß es wahrscheinlich eine Erbschaft ist. Und Ferdl ist alleinstehend. Von allen Seiten wird der Ferdl nun auf das Herzlichste gegrüßt und das Dorf ist außerordentlich nett zu ihm. Zu ihm, dem Vaterlandsverteidiger, jawohl. Der Ferdl genießt die ihm entgegengebrachte Achtung. Aber plötzlich wird er ganz ernst und versinkt in tiefe Gedanken:

„So leicht lassen sich die Menschen in die Irre führen? Mein Gott, bin ich froh, daß ich im Krieg rechtzeitig verwundet wurde und nicht General geworden bin. Als General hätte ich noch mehr Krieg führen müssen und große Entscheidungen hätte ich treffen müssen und die Versuchung wäre groß gewesen, nachdem sich das Volk so leicht täuschen läßt, jawohl."

Der Ferdl denkt lange nach und wird ganz still. Der Expreßbrief hat mehr als seine Schuldigkeit getan.

Foto: Wolfgang Schreibelmayr

Wenn ich der Pfarrer Justl wäre

Matthias, der Flickschuster, ist ein fleißiger Mann. Das ganze Jahr klopft und flucht und flickt er an den Schuhsohlen herum, die das Dorf zerreißt. Seine Werkstätte verläßt er nur, wenn seine Frau ihn zum Essen ruft oder ihm mitteilt, daß es Zeit zum Schlafengehen ist. Halt, dann noch zuweilen zu kurzen Besuchen im Wirtshaus. Rein studienhalber wegen Neuigkeiten über Politik und Geschehnisse im Dorf. Und kontrollhalber, ob die Kellnerin vom christlichen Einschenken nicht abweicht. Matthias sorgt für Recht und Ordnung, wo er geht und steht. Er ist das Gewissen des Dorfes. Dann noch der sonntägliche Kirchgang mit anschließendem Besuch beim Pfarrer Justl zwecks philosophischen Gedankenaustausches und die tägliche Zeitung. Aus, fertig. Das ist der einfache Rhythmus im Leben des Flickschusters Matthias. Einfach und eintönig, kommt es den Leuten im Dorf vor. Jedoch niemand weiß, wieviele Gedanken durch den Kopf des Matthias gehen, während er mit Pfriem und Leisten hantiert. Der halbe Vormittag geht allein damit drauf, das in der Zeitung gelesene gedankenmäßig zu verarbeiten. Sein Fluchen bei der Arbeit betrifft selten die Schuhsohlen, eher seine Meinungsverschiedenheiten mit den Zeitungsnachrichten. Matthias gilt als der Bestinformierteste im Dorf. Selten schaut er von der Arbeit auf. Vielleicht manchmal, wenn es die Meisen gar zu arg treiben im Futterhäuschen vor seinem Fenster. Oder ab und zu im Winter, wenn die Lausbuben Schneebälle an seine Scheiben werfen. Dann rollt Matthias die Augen und hebt drohend den Zeigefinger. Das Lachen der Buben bringt dann auch ihn zum Schmunzeln und hurtig geht ihm die Arbeit von der Hand. Das ist Matthias, der Flickschuster, und wie gesagt, in seinem Kopf haben viele Gedanken Platz. Matthias weiß um das Schicksal jedes einzelnen im Dorf genau Bescheid. Aus diesem Wissen heraus und durch seinen Gerechtigkeitssinn hat sich im Laufe der Zeit folgende Kuriosität entwickelt: Wenn jemand nicht ganz sicher ist, zumal bei der Jugend, ob manchmal eine Sünde überhaupt eine Sünde ist, geht man, um es sich nicht gleich beim Pfarrer zu verscherzen, zum Matthias probebeichten. Der Flickschuster hört sich dann mit großer Spannung den Fall an, wägt alle Umstände und Zusammenhänge peinlich genau gegeneinander ab, und, das jüngste Gericht könnte nicht gerechter sein, verkündet dann ernst und mit feierlicher Miene:

„Wenn ich der Pfarrer Justl wäre, würdest Du in diesem Falle mit einem Vaterunser davonkommen.“ Oder ein andermal: „Wenn ich der Pfarrer Justl wäre, würde ich Dich wegen dieser Lappalie aus dem Beichtstuhl jagen.“ Oder: „Wenn ich der Pfarrer Justl wäre, würde ich Dir für diese freche Sünde fünf Vaterunser beten lassen und eine Ohrfeige obendrein geben.“

Dem Pfarrer ist dieser Unfug natürlich längst zu Ohren gekommen. Aber da ihm das Beichtehören ohnehin ein Greuel ist und er sich lieber mit seinen Schwertlilien befaßt, duldet er mehr oder minder stillschweigend diese Winkelbeichterei. Bis ihm aber eines Tages doch die Geduld reißt. Sagt da der Ernstl, dieser Frechdachs, im Beichtstuhl glatt zu ihm:

„Wie kommt es, Herr Pfarrer, daß ich bei Ihnen dafür, weil ich den bellenden Nachbarhund verprügelt habe, drei Vaterunser als Buße beten muß, wärend der Matthias mir gesagt hat, wenn er der Pfarrer Justl wäre, in diesem Falle würde ein Vaterunser vollauf genügen?"

Wutschnaubend begibt sich Hochwürden zum Flickschuster und stellt ihn lautstark zur Rede:

„Was fällt Dir ein, Matthias! Eine Tierquälerei als fast keine Sünde zu bewerten?"

„Weil ich den Fall genau untersucht habe, bevor ich urteilte, Herr Pfarrer. Haben Sie den Ernstl gefragt, warum er den Hund verprügelt hat?"

„Wozu muß ich wissen warum? Was glaubst Du, wo ich hinkäme, wenn ich immer nachfragen würde – warum bist Du der Katze auf den Schwanz gestiegen – warum hast Du Deinem kleinen Bruder eine Ohrfeige gegeben – warum hast Du beim Schlafzimmerfenster hineingeschaut? Da müßte ich ja mein halbes Leben in der Finsternis des Beichtstuhls verbringen."

Nach einiger Zeit beruhigt sich der Justl, und weil ihn die Neugierde plagt, fragt er den Matthias:

„Also warum bei Tierquälcrei bei Dir nur ein Vaterunser?"

„Wissen Sie, Hochwürden, die Mutter des Ernstls liegt seit Wochen krank im Bett. Ihre Nerven sind ausgelaugt und verblichen wie ein alter Lappen. Und da bellt dieses

Hundsvieh den ganzen Tag. Wenn der Briefträger kommt, bellt er. Wenn die Schulkinder vorbeigehen, bellt er. Bei jedem geringsten Anlaß bellt er. Ist es da ein Wunder, wenn der Ernstl, der mit seiner kranken, ruhebedürftigen Mutter ein Erbarmen hat, das Hundsvieh einmal tüchtig verprügelt? Hätte er den Hund aus Tierquälerei geschlagen, so wie Sie glauben, hätte ich ihm fünf Vaterunser geben müssen."

Schmollend verläßt der Parrer den Flickschuster. Am Heimweg denkt er bei sich:

„Eigenlich hat er recht, der Matthias. Beichtehören sollte man außerhalb des Beichtstuhles."

Die Notschlachtung

Kurz nach Kriegsende. Hunger in der Bevölkerung. Alles ist knapp. Da sagt eines Tages am Kirchenplatz ein Mund dem anderen, daß der Herr Schimplinger morgen ein Pferd notschlachten wird und daß das Fleisch an die Leute des Dorfes verkauft wird. Die Aufregung über dieses Ereignis ist groß und, obwohl nur Pferdefleisch, so ist es doch eine höchstwillkommene, zusätzliche Beschaffung kräftiger Nahrung. Deshalb stellen sich die Leute am nächsten Morgen schon sehr früh bei der Fleischbank an, um eine Ration zu bekommen. Die allererste ist Agnes, ein ausgedörrtes, immer mit dem Kopf wackelndes, bereits in die Jahre gekommenes Weiblein, welches sich auch gerne wieder einmal richtig satt essen möchte. Sie hat ihren Feldsessel mitgenommen und sitzt nun im langen Flur zur Fleischbank.

Agnes wartet geduldig, bis Herr Schimplinger, der Metzger, die Tür zur Fleischbank öffnen würde. Ihre Gedanken kreisen nur um das Fleisch. Wieviel würde sie kaufen können? Wenn sie die Menge bestimmen dürfte, würde sie drei bis vier Pfund nehmen, vielleicht sogar etwas mehr. Schließlich ist sie ja als erste da und hat doch das Recht, sagen zu dürfen, was sie wolle. Agnes sitzt auf ihrem Feldsessel und verbohrt sich ganz in die Gedanken des Rechtes des zuerst Gekommenen. Dann gibt sie sich der Vorfreude hin. Den größten Teil würde sie zu Gulasch verarbeiten, denn mit einigen Schweinsschwarten darunter ist ja ein Pferdefleischgulasch etwas ganz besonderes. Dauernd läuft ihr das Wasser im Munde zusammen. Einen weiteren Teil würde sie als Tellerfleisch zubereiten mit viel Nudeln und Schnittlauch – und ganz heiß machen und dann herausschöpfen mit dem alten, hölzernen Schöpflöffel, den sie von ihrer Großmutter geerbt hat. Dann würde sie sich damit ans Fenster setzen und langsam und bedächtig aus dem tiefen, irdenen Napf essen, und dabei würde sie auf den Dorfplatz hinausschauen und sich freuen. Den Rest schließlich würde sie sieden, in den Keller stellen, ein Fliegengitter darüberstülpen und auf ein paarmal in Essig und Öl mit viel Zwiebel herrichten. Ihre Vorfreude ist so groß, daß sie darüber ganz glückselig wird und schließlich friedlich einnickt.

Da sitzt die Agnes nun im Flur der Fleischbank, den Pompadur mit den großen Metallringen im Arm, und lächelt im Traum. Während die Agnes den Traum vom guten Essen träumt, strömen die Leute an ihr vorbei und drängen sich um den Herrn Schimplinger, der das Pferd aushackt und jedem eine angebrachte Ration verkauft. Niemand weckt die Agnes, denn das Fleisch ist knapp. Agnes sitzt auf ihrem Feldsessel, umschwirrt von unzähligen Fliegen und träumt und döst in tiefer Seligkeit dahin. Da nun der Metzger das ganze Fleisch verkauft hat und eben zusperren will, sieht er die Träumende im Flur sitzen. Er geht hin und weckt sie. Agnes fährt in die Höhe, schaut erschrocken um sich, dann ängstlich zu Herrn Schimplinger empor, der wie ein Scharfrichter vor ihr steht und erkennt schließlich die ganze Tragweite ihres Geschickes. Dicke Tränen der Verzweiflung fließen über ihre Wangen, und sie bebt am ganzen Körper. Während des langen Krieges ist sie nie so unglücklich gewesen wie in diesem Augenblick. Aber es hilft nichts. Der Metzger hat das ganze Fleisch verkauft und es ist nichts mehr da; auch nicht vier oder fünf oder etwa sieben bis acht Deka. Nein, gar nichts mehr ist da. Der Herr Schimplinger hat alles verkauft, während sie geschlafen hat. Der Agnes drohen die Sinne zu schwinden ob dieses Unglücks. Sie atmet schwer und ist dem Zusammenbruch nahe. Da dröhnen plötzlich harte Stiefelschritte im Flur und die knarrende Branntweinstimme des Doktors Veterinär hallt durch die ganze Fleischbank:

„Schimplinger, wo ist der Gaul?“

Der Metzger erwidert ihm:

„Den habe ich soeben ausgehackt.“

„Um Gottes willen!“, schreit der Doktor und wischt sich den Schweiß aus dem Nacken. „Alles Fleisch muß sofort konfisziert werden. Das Pferd hat eine Seuche gehabt und ist irrtümlich zur Notschlachtung an uns freigegeben worden.“

Die Agnes sperrt Augen und Mund auf. Ihre Lippen zucken bei jedem Wort des Doktors mit. Während der Doktor Veterinär mit dem Schimplinger den Flur entlangrasselt, steht die Agnes auf, klappt ihren Feldsessel zusammen, klatscht ein paarmal in die Hände und verläßt die Fleischbank, den Pomopadur schwingend wie ein kleines Mädchen, das unbeschwert zum Bäcker um Semmeln läuft.

Im Abteil erster Klasse

Matthias, der Flickschuster, hat das große Los gezogen. Eine Bahnreise nach Berlin, hin und zurück, erster Klasse. Matthias ist ganz aus dem Häuschen. Eine Reise nach Berlin – nein so etwas. Da will er ja schon lange mal hin. Seit Tagen läuft er nun wie verrückt im Dorf herum und zeigt jedem sein gewonnenes Ticket. Matthias kann nicht mehr arbeiten; seine Gedanken sind bereits in Berlin. Ja und heut ist es endlich soweit. Gestern ist er noch beichten gegangen, heute früh hat er sich von Kopf bis Fuß gewaschen, die Nägel geschnitten, den Schnurrbart gebürstet, den Rucksack gepackt und nun steht Matthias am Bahnhof und wartet auf den Zug. Er ist eine Stunde vor Eintreffen des Zuges da und geht am Bahnsteig auf und ab. Er raucht heftig und schaut sich mit seinen neugierigen, wasserblauen Augen alles interessiert an: Wie Güterzüge, ohne anzuhalten, vorbeibrausen. Wie der Herr Fahrdienstleiter grüßend dasteht und stolz ins Bahnhofsgebäude zurückgeht. Wie die Ketten rasseln, wenn sich die Bahnschranken wieder öffnen. Matthias hat offene Augen und sieht alles. Langsam sammeln sich die Leute am Bahnhof, die auf denselben Zug warten. Ein Hund hebt beim Koffer einer vornehmen Dame das Bein. Jetzt ein Signal – der Zug kommt. Matthias zeigt dem Fahrdienstleiter seine Fahrkarte erster Klasse. Dieser wehrt ab und sagt, er brauche sie erst dem Schaffner vorzuweisen. Das Einsteigen sei gratis, sagt er lächelnd; erst das Mitfahren koste etwas.

Ja, und nun ist der Flickschuster im Zug. Der Schaffner führte ihn auf seinen Platz. Oh, ist es da vornehm. Rote Plüschsitze wie beim Herrn Notar in der Stadt. Der Boden mit einem aufgespannten Teppich ausgelegt. An den Wänden Bilder vom Eiffelturm und den weißen Lippizanerpferden und dazwischen immer wieder Spiegel. Matthias drückt seine Pfeife aus und setzt sich andächtig hin. In seinem Abteil sitzt nur ein Herr. Ein Herr ist das; ja ein richtiger Herr. Im hellgrauen Anzug sitzt er am Fensterplatz, die Füße übereinandergeschlagen und eine riesige Zeitung in Händen. Seine Brilleneinfassung blitzt wie Karfunkelsteine. Gescheit muß er sein, dieser Herr, denkt sich Matthias, denn er sieht, daß sein Gegenüber schon eine ganze Weile die Börsennachrichten studiert. Jetzt knistert die Zeitung. Der Herr hat umgeblättert und sieht über den Rand seiner Zeitung auf Matthias – und dann spricht er sogar zu ihm. Er sagt:

„Sie kommen wohl vom Lande?“ – räuspert sich kurz, um gleich darauf, ohne eine Antwort abzuwarten, sich wieder in seine Zeitung zu vertiefen. Außer dem Knistern der großen Zeitung ist es mucksmäuschenstill im Abteil. Der Zug läßt die dem Matthias bekannte Landschaft immer weiter zurück und dem Flickschuster wird etwas bange. Verlassen und einsam kommt er sich plötzlich vor. Wenn doch der Herr mehr mit ihm reden würde. Aber der Herr sagt nichts mehr zu ihm und der Matthias traut sich nichts zu sagen, weil der Herr so vornehm ist. Ach könnt ich doch in der zweiten Klasse sitzen, denkt sich der Flickschuster. Da hätte er jetzt schon seine Speckjause hervorgenommen. Aber hier geht das nicht. Was würde sich der vornehme Herr denken? Matthias nimmt nur den Rand seines Sitzes ein. Wie so ein kleiner brauner Falter mit zusammengelegten Flügeln sitzt er da und schaut verzagt auf das Bild vom Eiffelturm. Wenn er jetzt in der zweiten Klasse sitzen könnte, denkt er wiederum bei sich, hätte er sicher schon seine geliebte Pfeife in Brand gesteckt. Aber hier? Wenn es der Herr nicht erlaubt?

Plötzlich wird die Tür aufgemacht und der Schaffner kommt mit einem Polizisten herein. Matthias steht sofort auf und weist sein Ticket erster Klasse vor. Der Polizist schiebt ihn zur Seite, geht auf den feinen Herrn zu und verlangt seinen Paß. Alles geht sehr schnell. Matthias hört zu seinem Entsetzen:

„Kommen Sie mit, Sie sind verhaftet!"

Gelassen erhebt sich der Herr, faltet weltmännisch seine große Zeitung zusammen und folgt dem Schaffner und dem Polizisten aus dem Abteil.

Matthias ist nun ganz allein. Er sinniert eine Weile dahin – nickend und kopfschüttelnd. Dann öffnet er hurtig seinen Rucksack. Die langersehnte Speckjause wird hervorgeholt und bedächtig langsam verzehrt. Anschließend steckt der Flickschuster genießerisch umständlich seine Pfeife in Brand, lehnt sich behaglich zurück und pafft vor sich hin. Auf einmal wird er sehr nachdenklich:

„Ja, aber wenn man in der ersten Klasse so leicht verhaftet wird? Und die Obrigkeit alles weiß? Ich meine die Sache mit der Rosl damals. Und dann die letzten Schuhsohlen für Frau Knapp – vielleicht habe ich ein bißchen zuviel verrechnet dafür?“ Matthias rutscht nach vor und nimmt wieder nur einen kleinen Teil des Sitzes ein. Er sinniert weiter. Immer nachdenklicher wird er. Schließlich kommt er zu dem Entschluß, auszusteigen. Gedacht, getan. Bei der nächsten Station klettert Matthias aus dem Abteil und wartet auf einen Zug zurück. Zurück – heim ins Dorf.

Wetterschauen

Grell und schwefelig durchzucken ganze Strähne von Blitzen die schwarze Mauer, die sich immer rascher dem Dorfe nähert. Der Ferdl mit dem Holzfuß und der großen Glatze kommt gerade von der Stadt heim und ist heilfroh, daß er noch trocken den Gasthof „Zum silbernen Kranz“ erreicht hat, denn die Leute prophezeien sogar Hagel. Der Ferdl fühlt sich jetzt recht wohl und geborgen auf der Ofenbank. Er hat sich ein Glas Rotwein hinstellen lassen und betrachtet nun aufmerksam die Geschehnisse im Hause.

Alle Fensterläden werden geschlossen, Kerzen zurechtgelegt und noch einige Schwingen Brennholz in die Küche getragen. Ein alter Bauer am Biertisch erhebt den Zeigefinger und sagt voraus, daß es besonders stark kommen werde, weil er es schon den ganzen Tag im Kreuz spüre. Er weiß genau den Verlauf des Wetters im voraus. Wie sich dann das Unwetter immer weiter heranwälzt, gehen alle Anwesenden vor das Haustor ins „Wetterschauen“. Nur der Alte bleibt bei seinem Bierkrug, denn er weiß ja ohnehin genau, wie es kommen wird. Die Küchenmagd ist die Erste vor der Tür. Enttäuscht stellt sie fest:

„Da hinten wird’s ja eh schon wieder lichter!“

Die verschiedenen Meinungen werden laut:

„Ich glaub’, es verzieht sich wieder.“

„Ob es wieder wo einschlägt?“

„Hoffentlich nicht bei uns!“

„Der Regen ist ohnehin sehr notwendig!“

„Jetzt fängt’s zum Tröpfeln an!“

„Daß die Kathi mit dem neuen Gewand so vor der Haustür stehen mag?“

„Jesus, jetzt hat es gekracht. Da hat es bestimmt wo eingeschlagen. Vielleicht auch nur in einen Telegraphenmast. Und wie es nachdonnert – wie beim Kegelscheiben. Und wie es schon wieder herabzüngelt – wie die Wurzn von einem Radi!“

„Jesus, schon wieder! Kathi, renn hinein und zünde die rote Opferkerze an, die dicke; die Zünder liegen auf der Kredenz, denn ich glaube, daß es doch noch ärger wird. Da muß man beten und opfern!“

„Jaja, nein nein, man darf ihm nicht trauen. Beim Nachbarn hat es auch einmal eingeschlagen, nachdem schon alle Kerzen ausgelöscht waren!“

„Mein Gott! Jetzt hat es geblitzt und der Kracher!“

„Brennt schon, brennt schon! Schaut hin, schaut hin!“

„Du träumst. Das sind die roten Schleifen vom Maibaum.“

„Habt Ihr es gewußt, daß die Zottlberger Rosl in der Hoffnung ist? Die Leute sagen, vom Kraxenbauer Sepp. Das ist jetzt schon ihr drittes lediges Kind.“

„Jesus, schon wieder! Sapperlot, ganze Sturzbäche kommen daher!“

„Aus und geschehen! Meine Wäsche hängt hinten im Garten.“

„Ich lasse es mir nicht nehmen, da haben sicher die Atomversuche die Schuld. Solche Gewitter hat es früher nicht gegeben.“

Allmählich geht das Gesprächsthema auf belanglosere Dinge über. Daß zum Beispiel in der Stadt zwei Autobusse zusammengekracht sind und die Toten nur so herumgelegen sind und daß sich die Neger in Afrika beim Kriegführen alle umbringen.

Das Gewitter verzieht sich langsam. Die guten Leute gehen ins Haus zurück. Den Ferdl mit dem Holzfuß und der großen Glatze überraschen die befehlenden Worte der Wirtin:

„Kathi, lösch die dicke Opferkerze aus; – ich glaub', das Ärgste ist vorüber. Das wäre ja doch eine Verschwendung."

Foto: Defner

Matthias und Ferdl

Der Ferdl mit dem Holzfuß und der großen Glatze ist, vielleicht bedingt durch sein körperliches Gebrechen, ein schwieriger Mensch. Argwohn, gesteigerte Eitelkeit, Mißtrauen nach allen Richtungen, Neid, Komplexe von oben bis unten und von links nach rechts. All dies wütet im Inneren des Ferdls. Zu allem Überdruß ist der Ferdl hochintelligent und das macht die Sache nicht leichter. Er leidet an allen seelischen Zwängen, die man sich nur vorstellen kann. Das Dorf weiß es. Machmal möchte man ihm sogar helfen, wenn durch Zusammenspiel verschiedener Umstände die Möglichkeit dazu gegeben ist. Aber es ist zwecklos. Da der Ferdl in solchen Situationen bei den Leuten nur das Erleichtern des eigenen Gewissens herausspürt, wird er nur noch wütender und bespeit diejenigen, die ihm sozusagen Hilfe anbieten. Die Begriffe Liebe und Zuneigung gibt es für ihn seit seiner Jugend nicht mehr. Er weiß es selber nicht, wo er sich eigentlich einordnen soll. Manchmal geht es eine Weile ganz gut. Das ist, wenn es im Dorfe Vorfälle gibt, die zu kritisieren sind. Da kann er nörgeln und anprangern. Aber in Zeiten der Harmonie und geglätteter Wogen leidet der Ferdl Höllenqualen; denn er ist verbittert und ihm fehlt jegliche Liebe. In solchen Zeiten trägt er sein ganzes Geld in den „Silbernen Kranz“ und verschüttet dort nicht nur im dauernd betrunkenen Zustand den Schnaps, sondern auch haufenweise Gift und Galle. Durch diesen Wandel ist nun der Ferdl wieder einmal in eine prekäre Situation geraten. Er kann dem Wirt den Gegenwert des Schnapses nicht mehr auf den Tisch werfen. Das erschüttert den selbstbewußten Ferdl mit dem Holzfuß und der großen Glatze bis in die Grundfesten seines Inneren. Er, der seinen Mitmenschen immer seine Verachtung zeigen will und nur noch davon lebt und zehrt, kann dies nicht mehr. Ihm fehlen die Mittel. Bisher hat der Ferdl in solchen Fällen kraft seiner Intelligenz immer so lange Wirtshauspausen eingelegt, bis sich seine Finanzen jeweils wieder erholt haben. Aber das kann er nun nicht mehr. Der Schnaps ist stärker als er und das Unglück nimmt seinen Lauf. Immer tiefer steht er in der Kreide und der Wirt vom „Silbernen Kranz" spricht bereits von Pfändung und Lokalverbot. Nichts könnte natürlich den Ferdl in seiner Eitelkeit mehr treffen und so spricht er denn in seinen Delirien dauernd vom Hausanzünden und sich Umbringen. Diese Entwicklung bereitet den Ortsoberen großes Kopfzerbrechen. Doch niemand weiß Rat. Gebietet der Pfarrer Justl seinem Treiben Einhalt, so hält der Ferdl dem Justl ein volles Glas entgegen und lädt ihn zum Mittrinken ein. Ähnlich ergeht es dem Bürgermeister und dem Herrn Doktor. Der Untergang des Ferdls scheint unvermeidbar zu sein.

Da erhebt sich eines Tages der Flickschuster Matthias von seinem Schemel. Er wirft den Schurz in einen Winkel, zwirbelt seinen Schnurrbart, nimmt Pfeife und Tabakbeutel an sich und begibt sich in den „Silbernen Kranz".

„Servus, Ferdl!" sagt er und setzt sich sogleich leutselig zu ihm in den Säuferwinkel.

„Zahl mir einen Schnaps, Ferdl, sei nicht fad!"

Der Ferdl mit dem Holzfuß und der großen Glatze ahnt, trotz eines soeben neu aufkommenden Rausches, sofort, daß dies nicht mit rechten Dingen zugehen kann. Aber um etwas gebeten zu werden, das ist für ihn das „Um und Auf". Es ist überhaupt der einzige Pfad, auf dem man in das Innere des Ferdls gelangen kann. Noch nie hat der Ferdl eine Bitte abgeschlagen. Deshalb vergißt er seine Vorsicht. Freudig dröhnt seine Stimme durch die Wirtsstube:

„Herr Wirt! Zwei Schnaps – für Matthias und für mich. Aber avanti!"

Der Matthias läßt sich nicht lumpen und nach kurzer Zeit dirigiert er ebenfalls zwei Schnäpse heran.

Zwei Pfeifen rauchen und der Matthias rückt vertraulich näher an den Ferdl heran.

„Ferdl, ich habe ein schlechtes Gewissen und eigentlich müßte ich es dem Pfarrer Justl im Beichtstuhl sagen. Aber weißt Du, vielleicht hast Du mehr Verständnis für meine Not als der glattrasierte Justl mit seinen gepflegten Händen und seiner Pomade im Haar. Unser Justl ist ja ein guter Pfarrer – das weiß jeder im Dorf. Aber zu Dir habe ich in einer bestimmten Angelegenheit eben mehr Vertrauen als zu ihm."

„Na los, Du Sohlenklopfer, was hast Du ausgefressen?", brummt der Ferdl und zieht heftig an der Pfeife, die ihm der Matthias gestopft hat.

„Ja weißt Du", drückt der Matthias verlegen herum, „ich hab halt all die Jahre her und her für meine Schuhreparaturen immer etwas zu viel verlangt und dabei hat sich ein Sümmchen angesammelt, das mich jetzt drückt und nicht mehr schlafen läßt. Jede Nacht spüre ich den Geldbeutel auf meiner Brust und das Atmen wird mir immer schwerer. Ich muß ihn weggeben, aber ich weiß nicht, wohin. Gewiß gibt es rundherum sperrangelweit geöffnete Hälse. Aber in die will ich mein unrecht erworbenes Geld auch nicht schütten, denn die schlucken das Ganze hinunter und sperren ihre gierigen Mäuler gedankenlos gleich wieder auf. Was soll das? Da werfe ich das Geld lieber in den Teich und es erinnert mich niemand mehr daran. Aus basta. Es sei denn, Ferdl, eine Möglichkeit wüßte ich noch: Ich gebe das Geld einfach Dir. Mit der einen Bedingung, daß Du dem protzigen Wirt Deine Schulden auf den Tisch wirfst und in Zukunft wieder so lebst wie bisher: Ein bißchen Wirtshaus, ein bißchen Dorfplatz, die Zeitungen lesen, Pfeifen stopfen und bei den Nachbarn etwas Holz hacken. Aber eine Bitte hätte ich noch dabei: Sag niemandem ein Wörtchen von mir, sonst bringt man mir keine Schuhe mehr zum Flicken. Abgemacht?“

Lange muß der Matthias dem Ferdl die Hand hinhalten, bis dieser endlich einverstanden ist.

Schmunzelnd und beschwingt verläßt der Flickschuster Matthias das Gasthaus „Zum silbernen Kranz“.

Am Heimweg kommt er ins Sinnieren: „Bin ich jetzt deshalb so froh, weil ich durch den Ferdl mein Gewissen erleichtern konnte, denn ich habe ja wirklich oft zuviel verlangt für meine Sohlenklopferei; oder ist es die Freude daran, weil ich dem Ferdl geholfen habe?“

Matthias kommt nicht ganz dahinter. Schließlich läßt er es bleiben, darüber nachzudenken. Hurtig geht er heim, setzt sich auf seinen Schusterschemel, und klopft wieder Sohlen, wie eh und je.

Die Res
und der Michael

Die Res ist die rechtschaffendste Person im Dorfe. An Ehrlichkeit wird sie kaum von jemandem übertroffen und ihre Lauterkeit kann man ihr schon von weitem am Gesicht ablesen. Angeleitet durch so gutes Beispiel, geht ihr Sohn Michael haargenau in ihren Fußstapfen. Darüber freut sich die Res. Ihr Mutterherz hüpft bei der Trefflichkeit, wie sich ihr Kind entwickelt. Dennoch ist ihr in der Tiefe ihrer Seele etwas bange. Die Res fürchtet, daß sich an zu Gutem leichter das Böse heranschleicht und die Standhaftigkeit härteren Prüfungen ausgesetzt ist. Und da bangt sie, daß ihr Michael vielleicht darunter leiden könnte, denn sie weiß, daß von selbst nichts, rein gar nichts geht. Die Res fürchtet sich. Deshalb ist sie auch so übertrieben ehrlich, weil sie Angst hat, sie könnte es unter Umständen zu wenig sein. Darum muß sie extrem sein. So gesehen ist die Angst um ihr Kind nicht unbegründet – trotz braven Gehens des Michaels in ihren Fußstapfen.

Eines Tages bekommt die Res einen riesengroßen Schreck. Michael stürmt herein und berichtet seiner Mutter:

„Stell Dir vor, Mama, heute habe ich hundert Schilling gefunden. Einfach so mitten am Weg.“

Michael ist noch ganz aufgeregt und immer wieder erzählt er es von neuem:

„Mitten am Weg sind sie gelegen – zwei Fünfziger waren es!“

Im ersten Augenblick hat sich die Res, die jeden Schilling zweimal umdreht, bevor sie ihn ausgibt, über den Fund gefreut. Aber gleich kommt sie wieder zur Besinnung und vor allem zu ihrer Erzieherpflicht und rasch entgegnet sie dem Michael:

„Was heißt das, zwei Fünfziger waren es. Hast Du sie denn etwa nicht mehr? Das Geld muß man auf die Gemeinde tragen oder zur Gendarmerie; es könnte sich doch der Verlierer dort melden. Oder hast Du es dort schon abgegeben?“

„Daran habe ich auch gedacht, Mama. Aber ich glaube nicht, daß heutzutage jemand wegen verlorenen hundert Schilling dort nachfragt. Deshalb habe ich es auch nicht hingetragen.“

„Ja, aber um Gottes willen, Michael, was hast Du denn getan mit dem Geld“, ist die Res ganz desperat – und sie sieht schon den Satan um ihr Kind schleichen. Verzweifelt ringt die Res die Hände und Tränen stürzen aus ihrem Gesicht.

„Sag, Bub, was hast Du mit dem Geld gemacht? Hat Dich jemand gesehen dabei?“

„Ja, der Pfarrer Justl!“

Verzweifelt rennt die Res ins Haus und wirft sich weinend auf das Sofa.

„Michael, in welch peinliche und fürchterliche Situation hast Du uns gebracht. Nicht auszudenken. Was wird der

Herr Pfarrer von uns halten? Von uns, die er immer so hoch eingeschätzt hat? Was machen wir jetzt? Was tun wir jetzt?“

„Es ist nichts mehr zu machen, es ist nichts mehr zu tun, Mama!“

„Was sagst Du da“, ächzt die Res. „Nichts mehr zu machen? Sitzen wir schon so tief in der Tinte?“

„Wir sitzen nicht in der Tinte, Mama. Im Glorienschein stehen wir da.“

„Wie soll ich das verstehen, Michael?“

Seiner entgeisterten Mutter schildert der Michael nun folgendes:

„Weißt Du, wie ich mir so gedacht habe – wegen hundert Schilling gehe ich nicht zur Gendarmerie – kam ich gerade bei der Kirche vorbei und da hatte ich auf einmal den Einfall, ich werfe das gefundene Geld einfach in den Opferstock. Dabei hat mir der Pfarrer Justl zugeschaut. Er war erstaunt. Direkt die Augenbrauen hat er gehoben, Mama! Aber da er nichts gesagt und nichts gefragt hat, nehme ich an, daß er es für richtig befunden hat.“

Die Res sperrt Augen und Mund auf. Sie ist keines Wortes fähig. Aber dann zieht sie ihr Kind stolz an sich. Ihr Gesicht glättet sich und strahlt wie eine aufgehende Sonne. Die Res überschüttet den Michael mit hundert Küssen. Mitten unter ihren Freudentränen fragt sie ihn plötzlich noch einmal:

„Hast Du wirklich das ganze Geld in den Opferstock gegeben?“

Nach kräftigem Nicken des Buben dreht sich die Res um, denn ein unbeschreibliches Lächeln, das sie ihm nicht zeigen darf, kommt in ihr auf und zu sich selbst sagt sie:

„Das ganze Geld hat er in den Opferstock getan. Die Hälfte hätte auch genügt. Daß die Kinder immer gleich so übertreiben müssen!“

Der verschlossene Brief

Cäcilia ist Wirtschafterin beim Pfarrer Justl. Beide kennen sich seit ihrer Jugend; sind zusammen im Dorf aufgewachsen und sind wie ein unzertrennliches Geschwisterpaar. Sie kennen sich gegenseitig besser als so manches Ehepaar. Zumindest glauben sie, sich bis in den tiefsten Grund ihrer Seelen zu kennen. Trotz dieser innigen Verbundenheit herrschen zwischen Pfarrer Justl und seiner Haushälterin Cäcilia ganz besondere Spielregeln. Eine eigene Groteske ist schon ihre gegenseitige Anrede. Einmal heißt es „Du, Justl“, ein andermal respektvoll „Hochwürden“. Einmal „Du, Cäcilia“ und das anderemal „Sie, Frau Bauchinger“. Ein ewiges auf und ab wie beim Barometer, das die wechselnde Wetterlage anzeigt. Im allgemeinen stimmt das Wetterbarometer mit dem Stimmungsbarometer bei den beiden ziemlich genau überein.

Es ist Winter. Seit Tagen schneit es. Es schneit unablässig. Die Zaunlatten des Pfarrhauses haben dicke Polster bekommen und die Gemüsebeete sind mit weißen Tuchenten zugedeckt. Im Wohnzimmer des Pfarrhofes ist es gemütlich. Die brennenden Scheiter im großen Kachelofen pfauchen und jaulen wie eingesperrte Katzen und Hunde. Im Raum verbreitet sich eine behagliche Wärme. Cäcilia sitzt mit ihrem Nähkorb in der Fensternische und kegelt sich die Augen aus, weil sie zu sparsam ist, das

Licht aufzudrehen. Der Pfarrer liegt am Sofa und starrt voll Sehnsucht und wässerigen Mundes auf den Pfeifenständer über ihm. Da hängen sie, die porzellanköpfigen und holzgeschnitzten, bunt bequasteten Verzierungen des Lebens und schauen spöttisch auf ihn herab. Der Doktor Knapp, dieser Grobian, war heute auf Visite hier und hat dem Pfarrer das Tabakrauchen verboten, obwohl er selbst den ganzen Tag fingerdicke Zigarren pafft. Kein Wunder, daß die Laune von Hochwürden am Nullpunkt angelangt ist. Pfarrer Justl sinniert dahin: „Wegen der kleinen Erkältung und wegen des bißchen Fiebers hätte mir dieses Scheusal von einem Doktor auch nicht gleich die Pfeife aus der Hand reißen brauchen" – und er schwört Rache. Schließlich wird der Doktor ja wieder einmal in seinen Beichtstuhl kommen und da wird er ihm eine gehörige Anzahl Vaterunser als Buße aufgeben. Oder besser noch, er wird ihm auferlegen, drei Tage lang keine Zigarre anzünden zu dürfen. Ja, beruhigt sich der Justl etwas, das wird er tun. Nach einer Weile vernimmt er von der Fensternische her ein Reißen von Stoff mit einem begleitenden Keuchen.

„Cäcilia, was trennst Du denn da schon wieder auf?"

„Das eine Nachthemd muß ich weiter machen und deshalb vorher auftrennen, damit ich einen Zwickel einnähen kann, weil es immer enger wird, seit der Bauch von Hochwürden immer größer wird."

„Freche Bemerkung", denkt sich der Justl und wendet sich zur Fensternische:

„Frau Bauchinger, wie oft habe ich Ihnen schon gesagt, daß es sich nicht ziemt, im Pfarrhaus in einer Schürze mit fleischfarbenen Rüschen herumzulaufen. Das graue Kattunkleid ist das Richtige für eine anständige Pfarrersköchin. Ich verlange, daß Sie sich sofort umziehen!"

Cäcilia steht auf und geht schmollend aus dem Zimmer. Hochwürden dreht sich auf die Seite und starrt wieder auf den Pfeifenständer. Nach einer Weile ruft er:

„Cäcilia?"

„Ja?" – kommt es prompt draußer der Tür zurück.

Der Pfarrer überlegt und dann sagt er:

„Wieso hast Du so schnell ‚ja' gesagt? Hast Du durchs Schlüsselloch den Pfeifenständer beobachtet und kontrolliert ob ich etwa rauche?"

„Nein, ich habe mit Liwura das Messing der Türschnalle geputzt."

„Mit Liwura? Wer ist das? Ist sie aus unserem Dorf? Übrigens, kannst Du die Schnalle nicht allein putzen? Brauchst Du da eine Hilfe?"

„Aber Herr Pfarrer! Liwura ist doch ein Putzmittel."

„Ach so."

Dann ist es wieder still. Man hört nur das Rumoren im Ofen. Es könnte einem leid tun um die gesunden Buchenscheiter, die von allen Seiten von den gierigen Flammen angefallen werden. Plötzlich weiß der Pfarrer wieder, warum er vorhin der Cäcilia gerufen hat und er fragt zur Tür hin:

„War der Briefträger schon da?"

„Nein, Hochwürden."

„Komisch. Seit dieser Aushilfsbriefträger kommt, kriege ich keine ordentliche Post mehr. Dieses blutarme

Bürscherl; dieses Bläßhuhn, dieses verdatterte. Wenn er dann kommt und er hat wieder keinen richtigen Brief für mich, dann wirf ihm eine Schaufel Schnee ins Gesicht."

Mißlaunig dreht sich der Pfarrer wieder auf die andere Seite. Schließlich schläft er ein. Aber sein Schlaf ist unruhig. Der Abend kommt. Das Fieber steigt. Pfarrer Justl beginnt zu phantasieren und Cäcilia, die besorgte Seele, läuft nochmals um den Herrn Doktor. Dieser bestätigt nun eindeutig eine schwere Lungenentzündung und gibt verschiedene Anweisungen.

Cäcilia hat im Nebenzimmer ihr Bett aufgeschlagen. Sie überwacht jeden Atemzug des Herrn Pfarrers. Mitten in der Nacht ruft plötzlich Pfarrer Justl im Fieberwahn:

„Cäcilia, war der Briefträger noch nicht da? Ich erwarte doch einen dringenden Brief aus Rom; aus dem vatikanischen Staatssekretariat. Der Papst ist gestorben. Im Brief steht drinnen, bis wann wir Kardinäle zum Konklave in der Sixtina sein müssen. Ich muß den Erhalt dieses Briefes sofort telegraphisch bestätigen. Wenn bis in einer Viertelstunde der Briefträger nicht da ist, dann sage es dem Milchmann, er soll seine zwei schwarzen Rösser einspannen, er kann ja gleich die Milchkannen mitnehmen, und er soll gleich in die Stadt fahren und als erstes am Postamt den Brief für mich dringend abholen. Es ist wichtig, Cäcilia, die Christenheit braucht einen neuen Papst. Schon munkelt man im Kardinalskollegium, daß ich zu den Favoriten gehöre. Dabei weiß ich noch gar nicht, welchen Namen ich annehmen soll. Mein Gott, alles kommt auf einmal. Das Kraut haben wir auch noch nicht eingehobelt und dabei soll ich aber schon fast in Rom sein. Aber vorerst einmal den Brief her. Dieses Bläßhuhn von einem Briefträger ist noch immer nicht da. Also der Milchmann muß fahren. Rufe ihn sofort. Er soll die Kannen einstweilen stehen lassen und nur ein Pferd nehmen. Er soll reiten, dann ist er schneller wieder hier!"

Cäcilia ist ganz verzagt. Sie legt dem Justl nasse Tücher auf die Stirn und rennt aufgeregt hin und her. Nach einer Weile wird der Pfarrer etwas ruhiger und schlummert wieder ein. Auch Cäcilia gönnt sich etwas Schlaf um Kraft für den nächsten Tag zu sammeln. Am Morgen richtet sich des Pfarrers erste Frage nach dem Brief. Cäcilia sagt ihm, daß der Briefträger wohl da war, aber nur einen Postwurf vom Möbelhaus Leiner gebracht hat. So ein gelb-weißes Werbeschreiben.

„Was? gelb-weiß? Gelb-weiß, das sind die Kirchenfarben. Das ist der Brief aus Rom. Schnell bring ihn her!"

Während Cäcilia geht, um den Brief zu holen, ist Justl wieder eingeschlummert. Sie legt das Reklameschreiben vom Möbelhaus Leiner achtlos auf die Kommode und wacht über den Schlaf des Pfarrers. Dann kommt der Doktor Knapp wieder zur Visite. Er untersucht Hochwürden und wackelt bedenklich mit dem Kopf. Nachdem der Doktor neue Anweisungen gegeben hat, stapft er wieder hinaus. Cäcilia hat wieder ihre Rüschenschürze umgebunden; – sie bemüht sich um den Pfarrer wie eine Mutter um ihr Kind. Sie ist mit ihrer Rüschenschürze ganz Mutter und Weib.

Der Tag vergeht und Justl kommt aus dem Phantasieren nicht heraus. Mitten in der Nacht schreckt Cäcilia aus ihrem Halbschlaf empor, denn sie hat aus dem Krankenzimmer nebenan ein Geräusch gehört. Leise öffnet sie die Tür einen kleinen Spalt. Da steht Hochwürden in seinem langen, weißen Nachthemd mitten im Zimmer und lächelt ihr huldvoll zu. Dann sagt er feierlich:

„Cäcilia, es ist geschehen. Die Christenheit hat einen neuen Papst. Sie haben mich gewählt und ich habe voll Demut angenommen – mein Name ist Leo der Vierzehnte. Ich bin eben am Wege zur Loggia, um den Segen ‚urbi et orbi' zu erteilen."

Dann schreitet er zur Fensternische, schaut in den mondbeschienenen Pfarrersgarten hinunter und erteilt Rom und dem Erdball seinen päpstlichen Segen.

Cäcilia weiß in ihrem Schreck und in ihrer heillosen Angst nichts anderes zu sagen als:

„Justl, lieber Justl! Bleib hier; geh nicht nach Rom. Dort bist Du Leo der Vierzehnte, hast dreizehn Leos vor Dir, während Du hier Justl der Erste bist. Unser lieber Justl, zu dem das ganze Dorf aufschaut."

Mit verzweifelter Anstrengung gelingt es Cäcilia endlich, den Pfarrer wieder ins Bett zurückzubringen. Wieder ist es der Schlaf, der gute Vater Schlaf, der die Zeit der Bedrängnis überbrückt. Und horch – diesmal kommen die Atemzüge tief und ruhig. Ist es etwa gar der Schlaf der Genesung? Cäcilia holt schnell den Doktor und dieser sagt mit einem befreienden Lächeln:

„Ja, Cäcilia. Das ist der Schlaf der Genesung!"

Da weint sie und trocknet ihre Tränen in die Rüschenschürze. Cäcilia war noch nie so glücklich wie in diesem Augenblick.

Drei Wochen später. Hochwürden sitzt in seinem Arbeitszimmer. Er hat sinnend den noch verschlossenen Brief vom Möbelhaus Leiner in Händen. In einer plötzlichen Anwandlung und Aufgeräumtheit ruft er der Cäcilia, sie möge ihm eine Tasse Kaffee servieren. Cäcilia und die Tasse Kaffee sind zur Stelle. Der Pfarrer sagt mit gewichtigen Worten:

„Cäcilia, dieser Brief ist mir der liebste Brief, den ich in meinem Leben bekommen habe. Er hat mir bewiesen, daß die Illusion das Salz des Lebens ist."

Dann hebt der Pfarrer den Zeigefinger:

„Daß Du mir den Brief ja nie aufmachst!"

„Nein", sagt die Cäcilia. „Nie werde ich ihn aufmachen, denn jeder Mensch braucht einen verschlossenen Brief – braucht eine Illusion." Dabei streicht sie liebevoll über ihre Rüschenschürze.

Da fällt es dem Pfarrer wie Schuppen vor den Augen und Justl, das ahnungslose, große Kind, fragt die Cäcilia ganz leise:

„Cäcilia, ist etwa die Rüschenschürze Dein ‚verschlossener Brief'?"

Cäcilia steht da wie ein kleines Mädchen und nickt heftig.

„Ja, Hochwürden, die Rüschenschürze ist mein ‚verschlossener Brief'."

Dann hebt sie den Zeigefinger und sagt schelmisch:

„Daß Sie mir den Brief ja nie aufmachen, Hochwürden!"

Daraufhin schwingt sie das leere Tablett, macht einen schönen Knicks vor dem geistlichen Herrn und stürmt aus dem Zimmer.

Justl ist aufgesprungen und schreit aus Leibeskräften und aus ganzem Herzen:

„Cäääziiilia!!!“

Das Paket

Ludwig sitzt auf der Hausbank und stopft umständlich seine vielgeliebte Pfeife. Der Kaiser Franz Josef ist am Pfeifenkopf und eine grüne Quaste hat seine Pfeife und darauf ist der Ludwig mächtig stolz. Jetzt setzt er sie in Brand. Lange fuchtelt er beim Auslöschen des Zündholzes. Dann setzt er sich zurecht und stoßt gewaltige Rauchwolken von sich. Ludwig ist mit sich und der Welt zufrieden. Drinnen im Haus, in der Küche, rumort seine brave Frau Pauline. Ludwig döst vor sich hin. Rauch und Gedanken schweben in völliger Harmonie. Da sieht er plötzlich durch die Birnbäume etwas Blaues blinken. Ein Keuchen nähert sich. Gleich darauf kommt der Briefträger auf ihn zugeschritten. Schwitzend ladet er ein Paket von seinen Schultern.

„Weil Du nie ein Paket bekommst, habe ich es Dir ausnahmsweise zugestellt. Wenn das nun öfters vorkommen sollte, mußt Du es Dir vom Postamt selber abholen. Da, unterschreibe, da Du es erhalten hast. Aus Frankreich kommt das Paket."

„Was sagst Du da, Briefträger? Aus Frankreich, von wem? Wir haben niemanden in Frankreich."

„Am Paket steht kein Absender", seufzt der Briefträger. „Man kann nur ersehen, daß es aus der Normandie kommt."

„Jetzt sagst Du auf einmal – Normandie –, vorher hast Du gesagt – Frankreich. Ich unterschreibe nicht. Nein, auf gar keinen Fall unterschreibe ich. Das muß ein Irrtum sein. Schick das Paket zurück."

Heftig rauchend wendet sich der Ludwig ab und würdigt den Briefträger keines Blickes mehr.

„Mach doch keine Umstände, Ludwig. Die Normandie liegt ja in Frankreich. Die Adresse stimmt haargenau. Zahlen brauchst Du auch nichts dafür und wenn Du es geöffnet hast, wird sich alles weisen. So und jetzt unterschreib endlich. Glaubst Du, ich schleppe das Paket wieder hinunter auf das Postamt und lasse mich auslachen?"

„Briefträger, magst Du ein Stamperl Wacholderschnaps?"

„Ja, das mag ich, aber deshalb mußt Du doch unterschreiben."

Pauline hat drinnen in der Küche alles mitgehört und kommt gleich mit der Schnapsflasche heraus.

„Pauline, hör zu: Aus der Normandie, das liegt in Frankreich, weißt Du, kommt dieses Paket und ist direkt an uns adressiert. Was meinst Du, sollen wir unterschreiben und das Paket sozusagen übernehmen?"

Pauline ist ebenfalls ratlos. Aber schließlich, nach einem Seitenblick auf die Schnapsflasche, wo sich der Pegelstand deutlich senkt, ergreift sie mutig den Bleistift, den ihr der Briefträger mit wichtiger Amtsmiene entgegenhält. Pauline setzt ihren vollen Namen fein säuberlich auf die Zeile, beginnend dort, wo der Zeigefinger des Briefträgers streng hinweist. Dann seufzt sie etwas schuldbewußt. Ludwig schüttelt den Kopf, raucht heftig und wendet sich ab. Der Briefträger nimmt zum Abschied noch

Foto: Defner

ein Stamperl Wacholderschnaps zu sich und verschwindet wieder zwischen den Birnbäumen, so wie er gekommen ist.

Stille. Nur die Hühner hört man murren und den Kalk von der Hausmauer picken. Nach langer Zeit sagt Ludwig zu seiner Frau:

„Ihr Weiberleut seid ein leichtsinniges Volk. Liest Du denn keine Zeitungen? Weißt Du denn nicht, was heutzutage alles passiert? Sogar eine Bombe kann drinnen sein. Daß Du mir das Paket ja nicht aufmachst. Ich muß morgen nochmals mit dem Briefträger sprechen oder vielleicht gehe ich sogar auf die Gemeinde und berate mich mit dem Bürgermeister, oder ich frage den Pfarrer Justl, was er meint."

„Wenn Engelbert, unser Bub, da wäre, wäre das Paket schon längst offen", sagt die Pauline.

„Das kann schon sein. Aber wir beide sind alt und weise genug, um abwarten zu können. Punktum, heute wird vorläufig noch nicht geöffnet. Wenn das Absenderland England wäre, würde ich sogar sagen, der Engelbert hat das Paket geschickt, denn in seiner Schlamperei ist es ihm ohne weiteres zuzutrauen, ein Paket ohne Absender aufzugeben. Aber so, aus Frankreich, noch dazu aus der Normandie?"

Inzwischen hat Pauline eine Schere geholt und sagt energisch: „Das ‚H' kommt mir so bekannt vor, obwohl es in Blockschrift geschrieben ist. Der Engelbert hat immer solche ‚H' gemacht. Ich weiß das, weil ich immer seine Schulaufgaben durchgesehen habe. Um so etwas hast Du

Dich ja nie gekümmert. Deshalb habe ich auch das Recht, das Paket jetzt, und zwar auf der Stelle, zu öffnen."

„Nun, von mir aus. So öffne halt das Paket. Aber zerschneide nicht die schöne Schnur und zerreiße das Packpapier nicht. Beides kann man wieder verwenden; – wenn ohnehin alles so sündteuer ist."

Pauline öffnet behutsam das Paket. Ludwig schließt die Augen und stoßt gewaltige Rauchwolken von sich. Da gellt ein verzweifelter Aufschrei durch das ganze Haus. Pauline bricht schluchzend über dem Paket zusammen. In ihren Händen hält sie das rotgewürfelte Hemd von Engelbert – ganz verschmutzt.

„Ein Unglück ist passiert, Ludwig! Unserem Sohn ist etwas zugestoßen. Er ist doch in England und da kommen aus Frankreich, ohne Absender, seine verschmutzten Sachen. Schau, da die Hose, die wir ihm zur Großjährigkeit gekauft haben."

Mutter Pauline wühlt verzweifelt im Paket. Ludwig ist bleich geworden.

Das eine, was er zu sagen imstande ist, lautet:

„Ich habe ja gleich gesagt: ‚nicht aufmachen'!"

Inzwischen hält Pauline einen Zettel in der Hand, der mitten unter der Wäsche war. Hastig liest sie:

„Liebe Eltern! Bin am Heimweg. Mache noch einige Tage Urlaub in Frankreich. Habe viele Dias gemacht. Vielleicht werde ich durch Vorträge berühmt. Liebe Mutter, wasche bitte inzwischen meine Sachen. Grüße von Engelbert."

„So, da hast Du es!“ – befreit sich die Brust des Ludwigs. „Habe ich mir doch gleich gedacht, daß das Paket Ärger bringt, wenn wir es übernehmen.“

Heftig rauchend geht Ludwig auf und ab.

„Anstatt seiner Mutter ein schönes Geschenk vorauszuschicken, sendet der Bengel seine Schmutzwäsche zum Waschen. Oder daß er seinem Vater eine Rolle Tabak gesandt hätte? Nein, nichts dergleichen. Alles muß ich mir von unserer kleinen Rente selbst kaufen und dabei ist er Ingenieur und verdient schön.“

„Magister ist er, unser Bub!“ – wirft Pauline dazwischen.

„Oder Magister, das ist doch egal. Und auf einem alten, abgerissenen Kalenderblatt hat er uns die Mitteilung gemacht; ist das nicht eine Schande? Dabei müßte er ja doch als Magister verstehen, was sich gehört.“

Ludwig geht unentwegt auf und ab. Aber jedesmal, wenn er der Pauline den Rücken kehrt, geht eine infame Freude über sein Gesicht und seine Gedanken schwellen vor Stolz:

„Das ist halt ein richtiges Mannsbild. Ein Mannsbild ist das, sage ich. Der weiß, was er will. Kurz und bündig, so wie ich, jawohl!“

Durch das freudige Gebrause seiner Gedanken merkt Ludwig erst jetzt, daß Pauline ihre Arme um das Paket geschlungen hat und leise dahinweint. Er bleibt betroffen stehen und streichelt seiner Frau gerührt über den Scheitel. Dann versucht er, sie zu trösten und seine harten Worte über Engelbert zu entschärfen. Aber es hilft alles nichts.

Die Tränen der Pauline sind nicht zu stillen. Und Ludwig, der immr gemeint hat, seine Frau zu kennen, kennt sie nicht, denn lange dauert es, bis er in ihrem Antlitz ein verstecktes Lachen entdeckt und ihm endlich zum Bewußtsein kommt, daß diese Tränen die Tränen der Freude sind.

Eismann Wögerer

Ein eigenartiger Mann ist er, der Wögerer. Niemand kann aus ihm klug werden, denn sein Benehmen ist mehr als sonderbar. Zu den unmöglichsten Tageszeiten und Witterungsverhältnissen fährt er, mit der Glocke gewaltig lärmend, seinen Eiswagen durch die Gassen des Dorfes. Wögerer erzeugt ein traumhaftes Eis. Er ist ein Künstler auf diesem Gebiet. Die Italiener, selbst Spezialisten, täten vor Neid erblassen, wenn sie das gute Eis des Herrn Wögerer kennen würden. Eismann Wögerer ist ein Individualist, wie die meisten Künstler. Bei Sturm und Wetter fällt es ihm auf einmal ein, eine neue Kreation zu schaffen und damit herumzufahren, während man bei der größten Hitze oft vergeblich nach ihm Ausschau hält.

„Die Kunst darf man nicht planen", verteidigt er sich.

„Sie muß sich frei von Zwängen entfalten können. Im übrigen wollen die Leute bei der Hitze mein Eis nur zur Abkühlung, ohne die feinen Geschmacksrichtungen wahrzunehmen. Da kommt ihnen ein Eimer kaltes Wasser billiger."

Man kann ihm schwer widersprechen. Einmal befragt, warum er mitten im reißenden Geschäftsgang plötzlich einen halben Wagen Eis verschenkt, antwortet er:

„Es gibt auch Museen mit freiem Eintritt, um die Kultur dem ganzen Volke zugänglich zu machen."

„Ja, aber warum verschenkst Du das Eis nicht an die Armen?"

„Weil man den Stolz der Armen, das einzige, was die Armen im Übermaß besitzen, nicht verletzen darf."

Es ist ihm einfach nicht beizukommen. Jedoch seine Philosophie bewegt sich gegen den Strom der Zeit. Schließlich wird er um nichts mehr gefragt. Seine Absonderlichkeiten werden, gemessen an ihm, für normal gehalten. Deshalb fällt es auch niemandem auf, daß der Eismann durch die Isolierung, die sich zu seinen Mitmenschen ergibt, dem Wahnsinn nahe ist. Aber sein Eis wird immer besser. Selbst von der Stadt kommen die Leute heraus, um eine Tüte echtes „Wögerer Gefrorenes" zu ergattern. Wögerer selbst wird, da niemand mehr Kontakt mit ihm pflegt, immer einsamer. Er verfällt mehr und mehr seinen Wahnvorstellungen. Im Winter füllt er Eiscreme in Becher und läßt sie im Freien gefrieren, um ohne Strom Eis herzustellen. Die Leute lachen und essen „Wögerer Gefrorenes". Um den Menschen Wögerer kümmert sich niemand mehr. Immer absurder werden seine Ideen und sein Handeln. Jedoch die völlige geistige Umnachtung bleibt ihm gnadenweise doch erspart. Eines Tages, mitten im strengen Winter, findet man ihn erfroren im Garten bei seinen Eisbechern. Eis war der Inhalt seines Lebens und zu Eis ist er erstarrt in seinem Tod.

Claus Emmerich Maria Wurzelstätter

Claus Emmerich Maria Wurzelstätter ist ein seltsamer Kauz. Er redet wenig und wenn, dann meist mit sich selbst. Bei seinen Selbstgesprächen wird er jedoch oft sehr laut und heftig. Das ist, wenn seine Gedankengänge in für und wider geraten und er aus einer Sackgasse nicht mehr heraus kann. In solchen Situationen geht er am Dorfplatz aufgeregt hin und her und gestikuliert mit Kopf und Händen so fürchterlich, daß den Leuten oft ganz angst und bange wird. Hat er jedoch seinen inneren Streit dann beigelegt und er sich wieder beruhigt, kommt eine so große Sanftmut in sein Antlitz, daß man glauben kann, er ist der Friedensengel persönlich. Da geht er dann auf alle Leute zu und schüttelt ihnen ohne Anlaß die Hände, lacht jovial und winkt freundlich wie ein eben aus einem Sonderzug entstiegener Staatsmann. Auf Höflichkeit, insbesondere auf das ehrerbietige Grüßen und gegrüßt werden, legt er allergrößten Wert. Streng achtet er daher darauf, vor allem von der Jugend den schuldigen Gruß, den der Jüngere dem Älteren zu erweisen hat, entboten zu bekommen. So ist Herr Claus Emmerich Maria Wurzelstätter.

Eines Tages ist dieser Sonderling hinter seinem Haus beim Holzzerkleinern. Peinlich genau trennt er mit einer Hacke die Holzscheite zu möglichst gleich großen Stücken und holt jedes weiter weggeflogene Stück Holz jedesmal extra herbei und tut es zum Haufen der anderen Scheiter, denn penible Sorgfalt und Ästhetik ist sein oberstes Gebot. Zudem trägt er trotz dieser groben Arbeit eine silbergraue Krawatte und hat seinen Zylinder auf. Weil er ein Mensch ist, der die rationelle Zeiteinteilung liebt, aber auch ein großes Quantum echter Frömmigkeit in sich hat, so nützt er das Holzhacken zu gleichzeitigem, fortwährendem Beten. Seine Lippen bewegen sich in inbrünstiger Zwiesprache mit Gott und die Arbeit geht ihm dabei flott von der Hand.

Da geht der Franzl, einer der größten Lausbuben des Dorfes, vorüber. Er grüßt artig:

„Guten Tag, Herr Claus Emmerich Maria Wurzelstätter!"

Herr Claus Emmerich schaut auf. Er freut sich über den Gruß des Franzls sehr; vor allem darüber, daß der Bub seinen ganzen Namen, so wie es sich auch gehört, ausgesprochen hat. Er legt die Hacke zur Seite, zieht höflich seinen Zylinder und erwidert überaus freundlich den Gruß. Nach einer Weile geht Franzl nochmals vorbei und grüßt wieder voll Ehrfurcht:

„Guten Tag, Herr Claus Emmerich Maria Wurzelstätter!"

Herr Claus Emmerich ist entzückt über die Artigkeit und Wohlerzogenheit des Franzls. Er legt abermals die Hacke weg, zieht wieder seinen Zylinder und grüßt freundlich zurück. Franzl kichert in sich hinein. So ein blöder Mann, dieser Wurzelstätter – denkt er bei sich. Am meisten belustigt den Lausbuben, daß ein Mann den Namen ‚Maria' miteinbezogen haben kann und es reizt ihn fürchterlich, den Mann mit dem Zylinder mit ‚Maria' ansprechen zu können. Daß dies häufig gepflegt wird, weiß natürlich der Franzl nicht. Jedenfalls beschließt er, nochmals vorbeizugehen und beim Grüßen die Betonung besonders auf ‚Maria' auszulegen.

Er geht vorüber und grüßt mit Vollendung:

„Guten Tag, Herr Claus Emmerich Maria Wurzelstätter!"

Herr Claus Emmerich gerät in Ekstase und ist unbeschreiblich glücklich. Er legt wieder die Hacke weg, zieht mit unnachahmbarer Grazie seinen Zylinder und entbietet dem Franzl ebenfalls einen guten Tag. Anschließend bezieht er den Franzl sogar in seine Gebete ein und wünscht ihm, daß der Schutzengel immer über ihm, dem braven Jungen, wachen möge. Franzl, der Oberlausbub des Dorfes, hüpft vor satanischer Freude. Er nimmt sich vor, noch einmal vorbeizugehen und den Zylindermann zu grüßen. Franzl macht sich wiederum bemerkbar und grüßt:

„Guten Tag, Herr Claus Emmerich Maria Wurzelstätter!"

Da passiert das Fürchterliche. Herr Claus Emmerich erkennt plötzlich, daß ihn der Franzl zum Narren hält. Er pfaucht: „Du Bengel!" Dann wirft er die Hacke fort, springt dem verdatterten Franzl, schnell wie eine Raubkatze, an die Gurgel und beginnt, ihn zu würgen. Beide stolpern sie über die Holzscheiter – der Zylinder rollt davon. Das Unheil nimmt seinen Lauf. Herr Claus Emmerich würgt den Franzl mit der gleichen, blinden Wut, mit der er oft am Dorfplatz mit sich selber ringt. Seine gekränkte Eitelkeit wirkt sich fürchterlich aus. Herr Claus Emmerich weiß nicht mehr, was er tut. Er würgt den Buben und kann seinen Griff nicht mehr lockern.

„Dieser Bengel, dieser Nichtsnutz zerrt meine Ehrwürdigkeit in den Schmutz!“

Dieses Denken dreht sich rot und wild in seinem Kopf. Der arme Franzl schlägt verzweifelt um sich; er strampelt um sein Leben. Schließlich gelingt es ihm, dem Herrn Claus Emmerich mit dem Knie in den Magen zu stoßen, worauf dieser einen Augenblick den Griff lockern muß und vor Schmerz aufschreit. Diesen Moment nützt der Franzl, um zu stammeln:

„Herr Claus – wenn Sie mich abwürgen, wird Sie niemand mehr grüßen.“

Herr Claus Emmerich hört dies wie durch einen Nebel und kommt zur Besinnung. Aber warum kommt er zur Besinnung? Durch die Eitelkeit. Seine Eitelkeit hätte ihn beinahe ins Verderben gestürzt und ihn zum Mörder werden lassen, ihn aber jetzt vor diesem Verhängnis bewahrt. Nicht mehr gegrüßt zu werden, das könnte er nicht ertragen – deshalb läßt er vom Franzl ab. Dieser läuft davon und behält sein junges Leben.

Herr Claus Emmerich Maria Wurzelstätter nimmt, zitternd vor Weinen und Beten, seine Arbeit wieder auf. Er holt jedes Scheit, das zu weit wegfliegt, sofort extra herbei und legt es zum Haufen, denn er ist ein ordnungsliebender Mensch.

Ernstl und die Mesnerin

Die Mesnerin ist fromm wie ein neugeborenes Lamm, aber auch giftig wie eine Zornotter. Der Ernstl, seines Zeichens Lausbub und Ministrant in einer Person, kennt die Mesnerin besser als seine eigene Rocktasche. Er kennt ihre Pedanterie in der Kirche, wenn es darum geht, daß am Altar jede Vase, jeder Kerzenleuchter von seinem Platz keinen Millimeter verrückt werden darf. In Beziehung auf Genauigkeit steht die Mesnerin sogar mit dem Pfarrer Justl in Opposition, denn dieser ist oberflächlich wie ein Falter. Wo er gerade steht, legt er in der Sakristei sein Meßgewand ab, nur nicht am dazu vorgesehenen Platz. Die Mesnerin hat mit Pfarrer Justl und mit dem Ministranten Ernstl ihr wahres Kreuz. Nur mit dem Unterschied, daß der Pfarrer ohne böse Absicht sündigt, während der Ernstl mit mathematischer Berechnung vorgeht und die Mesnerin ärgert, wo es nur geht. Um dieser Lust zu frönen, scheut er es nicht, früh aufzustehen, um als erster in der Kirche zu sein und Dinge tun zu können, die die Giftdrüsen der Mesnerin reizen. Meistens bemerkt sie dann schiefgesetzte Kerzen, das Altartuch einseitig zu weit herabgezogen etc. erst während des Gottesdienstes, und sie leidet Höllenqualen, da sie keine Gelegenheit hat, diese Schlampereien sofort wieder ins rechte Lot zu bringen.

Eines Tages aber geht Ernstl doch zu weit. Der Lausbub haut über die Stränge, daß es eine Schande ist. Während der Frühmesse. Die Mesnerin sitzt in der ersten Bank. Plötzlich stockt ihr der Atem und ihre Zornesader schwillt blau und dick an. Im Presbyterium steht und hängt alles verkehrt. Die Heiligenfiguren, die nicht niet- und nagelfest angebracht sind, zeigen ihre Kehrseiten. Die Kerzen stecken schief wie nach einem Hagelgewitter in den Leuchtern und das heiße Wachs tropft in dicken Tränen auf das blütenweiße Altartuch. Pfarrer Justl merkt von allem nichts und rückt nichts zurecht. Er zelebriert, in tiefen Gedanken versunken, die Messe. Von draußen hört man das Morgengezwitscher der Vögel. Die Mesnerin schäumt. Der Ernstl assistiert dem Pfarrer brav und ohne Tadel. Manchmal schielt er nach der Mesnerin. Diese kann sich nicht mehr zurückhalten. Sie steht auf, geht in den Altarraum und beginnt, alles wieder zurecht zu bringen. Vor jeder Handhabung macht sie eine tiefe Kniebeuge, daß es für die Kirchenbesucher den Anschein hat, sie diene dem Ablauf der Messe. Ernstl treibt seine Frechheit soweit, daß er, immer wenn die Mesnerin ihr Knie beugt, schnell vor sie hintritt, so daß die Mesnerin sich jedesmal vor dem Lausbuben verneigt. Da begegnen sich ihre Blicke und blanker Triumph leuchtet ihr aus den Augen des Ernstls entgegen. Nun weiß sie endlich alles. Keine Schlampereien sind es, keine gedankenlosen Unachtsamkeiten. Nein! Pure Bosheit ist das. Oder was ist es sonst? Etwa der unberechenbare Sturm in einer unausgegorenen Knabenseele? Die Mesnerin geht zurück auf ihren Platz und denkt nach, soweit sie in ihrer Erregung überhaupt denken kann.

Ist sie mitschuldig? Sie mag doch den Ernstl. Wie kann er ihr nur so etwas die ganze Zeit her und her antun? Nun, sei es so oder so. Die Mesnerin geht in die Sakristei.

Nach Beendigung der Messe verlassen der Pfarrer Justl und sein Ministrant den Altar und Ernstl schwingt, zufrieden mit sich und der Welt, das Weihrauchfaß. Nach einiger Zeit hört man aus der Sakristei ein schallendes Geräusch. Ist es die Stola, die der Pfarrer Justl auf die polierte Tischplatte klatschte? Man weiß es nicht. Aber wahrscheinlich war es doch die langverdiente Ohrfeige, die der Ernstl von der Mesnerin bekommen hat.

Der gestohlene Christbaum

Der Förster Simon und die Res sind wie Katz und Hund aufeinander. Beide sind alleinstehend und über das zarte Alter der Jugend längst hinaus. Die Res wird immer frömmer und ist die meiste Zeit in der Kirche anzutreffen. Dort pfuscht sie dem Pfarrer Justl drein, wo es nur geht. Will dieser nach Einbruch der Dunkelheit die Kirchentür abschließen, ist sie schon geschlossen und der Schlüssel hängt korrekt am Nagel. Geradezu ins Gegenteil entwickelt sich das Verhalten des Försters Simon. Immer rauher werden seine Sitten, seit seine Frau am Friedhof liegt. Jeden Satz, den er spricht, beginnt oder beendet er mit einem kräftigen Fluchen. Selbst wenn eine Äußerung durchaus gut gemeint ist, muß sie fluchend seine Lippen verlassen. Simon hat die Res schon immer gut leiden können. Seit sie nun beide allein sind, hat er sich schon des öfteren gedacht „die Res wäre die Richtige für mich“. Aber durch sein immerwährendes Fluchen kann er bei ihr, die sich ganz den frommen Diensten verschrieben hat, einfach nicht ankommen. Seine Anträge prallen ab, wie die Hummel am Fenster. Weil der Förster die Abweisungen nicht verstehen kann, beginnt zwischen den beiden ein schwebender Zustand besonderer Prägung. Ein fortwährendes gegenseitiges Zanken. Aber ein Zanken, wo man nie genau weiß, wann es ernst und wann nur Manöver ist. Ein Verhältnis wie zwischen Katz und Hund, aber in der Richtung, wo sich der Hund nie sicher ist, ob er die Katze wirklich jagen so auch die Katze nie genau weiß, ob sie vor dem Hund überhaupt davonlaufen soll. Auf alle Fälle zeigt sie die Krallen, und auf alle Fälle verbellt der Hund die Katze. Und so leben der Simon und die Res im Dorfe nebeneinander dahin.

Da kommt wieder einmal die Weihnachtszeit. Ein Christbaum muß besorgt werden. Im Kopfe der braven Res gehen sonderbare Gedanken um. Soll sie, die ihr Leben lang am Rande des Waldes wohnt, jeden Stein und jeden Strauch kennt, nun einen Baum kaufen? Kaufen? Nein, und wieder nein, sie wird keinen Baum kaufen. Ihr Kopf sagt ihr, sie wird sich einen Baum holen. Ohne lange zu überlegen, nimmt sie den alten Schlitten aus dem Schuppen, nickt sich berechtigend zu und begibt sich schnurstracks in den Wald. Die Res achtet nicht auf die Markierungen; sie schaut nur aussuchend die Bäumchen an. Wie es sein will, findet sie ausgerechnet im Gemeindewald, in des Försters Simon Revier, einen geeigneten Baum, wo sie sich denkt, „das wird heuer mein Christbaum“. Kurz entschlossen schneidet sie das Bäumchen um und bindet es auf den Schlitten. Dann stapft sie aus dem Wald heraus und zieht den Schlitten mit dem Christbaum hinter sich her. Wie sie so dahingeht und versonnen in die einbrechende Dämmerung hineinschaut, gewahrt sie in einiger Entfernung einen Mann mit seinem Hund. Lähmender Schreck fährt der Res in die Glieder, denn erst jetzt wird ihr bewußt, daß sie den Baum aus dem Gemeindewald geholt hat, und das ist gefährlich, denn das ist der Machtbereich des Försters. Die Gestalt, die sich schwarz und drohend gegen den Abendhimmel abhebt, ist tatsächlich Simon, der Förster, mit Tasso, seinem Hund. Mit Tasso, den man ob seiner Häßlichkeit allgemein „die gefleckte Hyäne“ nennt. Simon hat die Person, die mit einem beladenen Schlitten aus dem Walde herausgekommen ist, bald wahrgenommen und legt sein Gewehr an. Nicht um zu schießen, sondern um durch das Zielfernrohr zu erkennen, wer da aus dem Walde kommt und was auf dem Schlitten geladen ist. Ein Ausruf des Staunens entfährt seinem Munde:

„Der Teufel soll mich auf der Stelle holen. Das ist ja die Res!“

Wieder legt er an, weil er es nicht glauben kann. Aber es besteht kein Zweifel. Es ist die Res und am Schlitten ist ein Bäumchen gebunden. Na so was? Nachdem sich der Simon von seiner Überraschung einigermaßen erholt hat, geht ein sieghaftes Leuchten über sein Gesicht – „jetzt hab ich Dich, Res“.

Voll Genugtuung schraubt der Förster seine Jagdflasche auf, und breitspurig dastehend feiert er seinen Triumph mit drei kräftigen Schluck Branntwein. Dann schraubt er zu und lacht vergnügt vor sich hin: „Schau, schau, die Res kann außer Beten doch anderes auch noch – zum Beispiel Christbaumstehlen. Na so was“.

Simon schmunzelt in sich hinein. Er ist der Res in seinem Inneren überhaupt nicht böse. Im Gegenteil: „Alle Achtung, ein wackeres Weib, hat den Mut, sich aus der Höhle des Löwen einen Christbaum zu holen. Verdammt und zugenäht, das muß mein Weib werden. Sie und keine andere“. Und wieder legt er an, um sich die künftige Försterin freudig wallenden Herzens nochmals durchs

Fernrohr anzusehen. Seine Erregung ist groß. Simon muß abermals die Schnapsflasche mitfeiern lassen. Da geschieht etwas ganz Eigenartiges mit ihm. Er spürt plötzlich ein Zittern in den Knien. Eine nie gekannte Schwäche befällt seinen Körper. Förster Simon macht noch einige abwehrende Armbewegungen, aber dann muß er sich in den Schnee niederlassen, weil ihn die Füße nicht mehr tragen.

Die Res stapft keuchenden Atems mit ihrem Schlitten dahin, und ihre Angst ist groß. Sie wundert sich, daß sich der Mann nicht nähert und sich jetzt gar in den Schnee gesetzt hat. Noch weiß sie nicht mit Sicherheit, wer es ist, und auch das weiß sie nicht, daß sie längst erkannt worden ist, weil sie nicht an das Fernrohr gedacht hat. Hurtig zieht sie über die dämmernde Landschaft. Die Res sieht eine große Chance, unerkannt zu entkommen. Da kommt es ihr plötzlich vor, als ob jemand um Hilfe gerufen hätte. Gleich darauf kommt Tasso herangestürmt. Sie erkennt sofort die gefleckte Hyäne, des Simons Hund, und weiß nun auch, wer der Mann ist. Entsetzen packt die Res. Da hört sie wieder – diesmal ganz deutlich – den Hilferuf. Aber die Res geht weiter, denn die Versuchung, unerkannt entkommen zu können, ist groß. Die gefleckte Hyäne umspringt die Res aufgeregt und gibt unmißverständlich zu erkennen, daß sie mitkommen soll. Immer wieder läuft Tasso in Richtung Simon voraus, um anzudeuten, daß sie folgen soll. Die Res geht weiter. Aber nach einer Weile werden ihre Schritte doch langsamer. Ihre Gedanken beginnen sich im Kreise zu drehen: „Bin ich überhaupt noch eine Christin? Zuerst begehe ich einen Diebstahl und dann beachte ich nicht die Hilferufe eines Menschen in Not". Ihr Kopf und ihr Herz führen noch einen kurzen Kampf; aber dann läßt sie plötzlich den Schlitten stehen. Die Res folgt rasch der gefleckten Hyäne.

„Simon" – ruft sie von weitem – „ich komme!"

Der hört das Rufen der Res und neue Kraft strömt in seinen Körper. Langsam richtet er sich auf und sieht mit schwachem Lächeln die Res an, wie sie eilig auf ihn zukommt:

„Um Gottes willen, Simon, was ist passiert?"

„Nichts, es geht mir schon wieder besser. Ich weiß selbst nicht, was das war. Momentan hatte ich einen Schwächeanfall und mußte zu Boden. Bin halt auch nicht mehr der Jüngste."

Dann will Simon, seiner Gewohnheit gemäß, noch etwas hinterherfluchen; aber er besinnt sich rechtzeitig darauf, daß dies die fromme Res überhaupt nicht mag, und deshalb läßt er es sein. Statt dessen nimmt er ihre abgearbeitete Hand in seine zwei großen, klobigen Försterhände und hält sie ganz behutsam umschlossen:

„Bist ein gutes Leut, Res."

Sie sprechen dann nicht mehr viel und gehen langsam zum Schlitten.

Mittlerweile ist es ganz dunkel geworden. Der Himmel ist voller Sterne. Die Welt ringsum liegt in Frieden. Da mahnt die gefleckte Hyäne die beiden zum Heimgehen, denn es wird eine kalte Nacht. Gemeinsam gehen Simon und die Res nun nach Hause. Sie ziehen den Schlitten mit dem Christbaum – und ihre Herzen vernehmen eine frohe Botschaft.

„Die Meinung der Sonnenblumen"

Foto: Nach einem orig. Hinterglasbild von Karl Schreibelmayr